目次

ゆうずどの結末

滝川さり

角川ホラー文庫
24048

ゆうずど

序章　どこかの誰か

2024年2月22日（木）

その日は朝から熱っぽく、私は会社を休んだ。

職場に電話すると、同僚から「まさか今更コロナですかぁ？」とからかわれたが、可能性はなくはない。午後にドキドキしながら病院に向かい、鼻に白い棒を入れるあの辛《つら》い検査を乗り越えた結果、医師の診断は「ただの風邪ですね」だった。

診察を終えて会計を済ませると、受付で教えてもらった薬局へ赴く。病院の向かいのビル、その一階にある小さな薬局――『はなみ薬局』の前には古びたカエルの置物があって、隣のラーメン屋を凝視していた。

「ちょっと混んでますんで、座ってお待ちください」

処方箋《しょほうせん》を渡すと、若い男性の薬剤師はそう言ってにこりと笑った。

待合室を見渡すと、お年寄りが三人と、子連れの女性が一人、ブレザー姿の男子高校生が一人いた。確かに時間がかかりそうだ。

私は青色の長椅子に座ると同時に、トレンチコートのポケットからスマートフォンを取り出した。ハマっているパズルゲームのアプリを起動する。けれど、ゲームのスタミナを消費し切ったところで、ブルーライトの影響なのか、ひどく気分が悪くなってきた。

スマートフォンを鞄《かばん》にしまう。順番はまだだろうか。

ふと前を向いたとき——その本と、目が合った。

壁際に置かれたブックラック。その棚差しの収納部分。

そこにある一冊の本が、こっちを見ている気がしたのだ。

『ディズニー　こころをつかむ9つの秘密』と『マンガでわかる！　子どものアトピー性皮膚炎のケア』の間に無造作に差し込まれたその本のタイトルは、

ゆうずど

どういう意味だろう。吸い寄せられるように、私はその本を手に取った。
作者名は——聞いたことがない。新人か、売れない作家だろう。表紙は白と黒を基調としたデザイン。アンバランスに配置された「ゆうずど」の四文字が何となく不安感を煽《あお》ってくると思ったら、レーベルは角川ホラー文庫だ。

昔『リング』を買ったっけと思い出す。その後も『日本ホラー小説大賞』の受賞作で気になるタイトルがあれば買っていたが、社会人になっていつしか本そのものを読まなくなってしまった。

懐かしい。読書家だったかつての自分を供養するような気持ちで、私はその本を読み始めた。薬が出来上がるまでの、ほんの暇潰《ひまつぶ》しのつもりで。

冒頭には、黒い栞《しおり》がはさまっていた。

名前を呼ばれたのは、第一章を読み終えると同時だった。

私は本を閉じると、栞をはさみ、元にあった場所に戻した。戻したはずだった。

薬を受け取って、会計を済ませる。ところが、自宅のマンションに帰ると――『ゆうずど』は鞄の中に入っていた。

「あれ?」

本をしげしげと眺めながら、私は首を捻《ひね》った。確かにブックラックに戻したはずだが、熱のせいで記憶が曖昧《あいまい》だ。もしかしたら、無意識に鞄に入れたのかもしれない。

仕方なく、翌日熱が下がってからまた『はなみ薬局』を訪れた。

「あの、これ」

処方箋ではなく小説を差し出した私を、妙齢の女性薬剤師は訝《いぶか》しげな目で見た。

「はい？」

「ええと、昨日来たときに間違って持って帰っちゃったみたいで。すみません」

「はぁ」薬剤師は本を受け取りしげしげと眺めた。「でもこれ、うちのじゃないみたいですよ」

「え？」

「うちのは、本の上のとこに『ハナミ』って書いてありますから」

そう言って指さしたのは、本の上――「天」の部分だった。確かに、病院や飲食店にある本は、よくそこに病院名や店名が書かれている。

「でも、本当にこの薬局から持ち帰りましたよ」

「はぁ。じゃあ、誰かの忘れ物を、誰かがラックに入れたのかもですね」

そう言ってから「ちょっとごめんなさい」と私を押しのけるように手を伸ばす。後ろには処方箋を持ったおじいさんが待っていた。薬剤師は処方箋を受け取ると、カウンターにある黄色いケースに入れた。

「あの、じゃあこれ、どうしたらいいですかね？」

「別に……持ち帰ってもらっても結構ですよ。どっちでも」

心底どうでもよさそうに言い、今来たおじいさんに「ミヤマさーん、今日お薬手帳はお持ちですかぁ？」と声をかける。私を一瞥《いちべつ》した目が「仕事の邪魔だ」と言っていた。

「じゃあ、あの、置いていきますから」

カウンターに本を置くと、私は踵《きびす》を返した。

そして、家に帰ってコートを脱ごうとして、内ポケットの硬い感触に気づいた。

出てきたのは――『ゆうずど』だった。

黒い背表紙を見つめながら、私は混乱していた。……そんなはずはない。さっき確かにカウンターに置いたはずだ。なのにどうして、こんなところから。

あまりの不可解さに、肌が粟立《あわだ》った。

気のせいか、栞の位置が私がはさんだ場所より進んでいる気がする。

私は脱ぎかけたコートを着直すと、すぐさま『はなみ薬局』に戻った。さっきと同じ薬剤師があからさまに不審な目を向けて「別に本当に持って帰ってもらっていいんですよ」と言った。私は何も言わず、本をカウンターに置いたことを確認して、逃げるように薬局を後にした。

……そして、今。私の鞄に『ゆうずど』は入っていない。

東京へ帰る電車の中。窓から見えるのは見知らぬ田園風景だ。ガラスに映る自分の顔は、あの本と出会う前とは別人に見えた。ろくに眠れていないせいで目が落ち窪《くぼ》み、顔は土気色になっている。

対面に座っている乗客が眉《まゆ》をひそめているのは、私の貧乏揺すりが原因だろう。でも止められない。そわそわと身体が動き、また鞄の中を見てしまう。鞄の中になくとも、全ての服のポケットを何度も叩《たた》いて確認する。

……ない。ほっと息を吐く。

だが、それも束の間の安心だとわかっている。

再び窓の外の風景を眺めながら、さっき会った住職のことを思い出した。電車を乗り継ぎ三時間半かけてたどり着いた、人形供養で有名なお寺。その本堂で、にこにことしていた六十代くらいの住職の顔が、本を出した途端に曇ったことを。

「ああ、これですか」

「ご存じなんですか？」

「まぁ、はい。――こら、ほんまもんですわ」

そう言うと彼は、本を置いてすぐに帰れと私を追い出した。できる限りのことはやる、とにかくすぐに帰りなさい、できれば向こうでもどこかの仏閣でお世話になること……そう早口で指示しながら。

鞄とポケットを五分おきに確認しながら、私は自宅に着いた。

玄関扉の前に立つ。もし戻ってきていたら、全てが無駄足……そう考えると、全身から冷たい汗が噴き出した。頼む。これ以上はもう、どうしようもない。

大丈夫、きっと大丈夫。

そう自分に言い聞かせながら、鞄の中を手探りでまさぐる。

感触はない。

もしや、と今度は目で確認する。鞄の中には入っていない。

まだだ。ポケットを一つ一つ叩いてみる。

コートも、ジャケットも、入るはずがないパンツのピスポケットも。

そうしてようやく、私は悪夢から解放されたことを知った。

全身から力が抜けた。外だということも気にせず、その場にへたり込む。

終わったんだ。もうあれを見ることもないいんだ。

私は泣き笑いの表情を作った。鞄をひっくり返して、もう一度入っていないことを確認する。財布、スケジュール帳、鍵《かぎ》の束などが玄関前に散らばる。

その中にもやはり、本は見当たらない。

私は目元を袖《そで》で拭《ぬぐ》うと、鍵を拾って家に入った。

短い廊下を歩きながら、やっぱり有名なお寺に頼んで正解だったと心から思う。

あの住職には、何かお礼を贈らなければ。何がいいだろう。

生き返ったような心地で、リビングの扉を開ける。

明日《あした》からまた仕事に取り組もう。今日は祝いだ。パーッとやろう。リビングの真ん中でコートを脱いで、ふと見たテーブルの上に、それを見つける。

黒い栞は、また少しだけページを進めていた。

第一章　菊池斗真

「——ひかべぇ先輩、最初は軽くっすよ」

部室で見つけたヨレヨレのグローブを拳《こぶし》で叩きながら、菊池斗真《きくちとうま》は言った。

わかっとるって、と中庭の真ん中辺りに立つ日下部智樹《くさかべともき》が腕を回す。彼の左手にもボロボロのグローブがはめられていて、反対の手には白球が握られていた。

暑さ厳しい七月の中旬。大学の文芸サークル「黒猫《くろねこ》の森《もり》」の部室に集まった二人は、本の山に埋もれた段ボール箱の中から野球グローブとボールを見つけた。となると、男二人が揃えばキャッチボールせずにはいられない。——たとえ真昼の炎天下でも。

テニスコート二面ほどの広さの中庭は「ロ」の字形の部室棟に囲まれていて風通しも悪く、「熱の底」という感じだった。当然、菊池たち以外には誰もいない。見上げると、四角く切り取られた空にギラギラの太陽が輝いている。蝉の声がやたらうるさい。軽音部の部室からはくぐもったアジカンの「リライト」が繰り返し流れている。文化祭のステージで披露するのだろう。どこかからカップ焼きそばの匂いが漂い、唇を舐《な》めるとさっき飲んだアクエリアスの味がする。

大学一年生の、夏だった。

いくでぇ、と声がした。存分に距離を取った日下部が放ったボールは、見事にグローブに収まった。懐かしい感覚に頬が綻《ほころ》ぶ。投げ返して、またキャッチする。たったそれだけのことがすごく楽しい。

ふいに父のことを思い出した。こんな風にキャッチボールをした思い出。だが、楽しい時間は長続きしなかった。――やがて「疲れてんねん」と遊ばなくなった父。溜《た》め息と夫婦喧嘩《げんか》の家。仕方なく、公園で一人、ボールを真上に投げて遊んだ。

ある日、公園の茂みに父の背中を見つけた。途端に嬉《うれ》しくなった。――仕事が早く終わったんだ。久しぶりに一緒に遊ぼうと来てくれたんだ！

「パパ！」

幼い声が弾む。グローブを握り締める。スーツ姿の背中に駆け寄る。

父は、公園で、一人で――

「菊池！」

日下部の声にハッと我に返る。顔を上げると、彼が斜め上を指さしていた。見ると、部室棟の外廊下に誰かが立っている。

長くて黒い髪。白い肌。あれは――宮原《みやはら》すみれだ。同じサークルのメンバー。

彼女はちょうど「黒猫の森」の部室の前で、中庭を見下ろしている。いや――その目はどこも見ていなかった。人形みたいな虚《うつ》ろな表情。顔に開いた穴のような黒い目。風が吹いたのか、黒い髪が横に靡《なび》いた。だが、彼女自身は微動だにしない。

何か変や。——そう思った瞬間、

「あ」

彼女の身体は、宙に投げ出されていた。

まるでマネキンのように落下する身体。風を切る音。乱れる髪。——そして、鈍い音が、足許《あしもと》を揺らした。


菊池は固まった。呼吸すら忘れていた。

汗がこめかみから顎《あご》のラインに伝う。

一部始終を見ていたはずなのに、何が起きたかわからなかった。

「……宮原さん？」

発した声は、自分のものじゃないようだ。

引き寄せられるように、足が勝手に彼女へと近づき始める。鉄臭い匂いは、一歩踏み出すたびに濃くなるようだった。唾《つば》を呑《の》む。蟬の声が遠のいていく。

その姿は、糸が切れたマリオネットを彷彿《ほうふつ》とさせた。——投げ出された白い手足。うつ伏せになった身体。なのに、乱れた髪の隙間から見える彼女の瞳《ひとみ》と目が合っている。

その手首が、悪夢のように広がる血溜《ちだ》まりに沈んでいく。「熱の底」で冷たくなっていく彼女をじっと眺めている。

何も聞こえない。蟬の声も。軽音部の歌も。

真っ白になった音の世界に、ぱらぱらと紙がめくれる音だけが生まれた。見ると――

――一冊の本が、いつの間にか死体のそばに落ちている。その表紙に目を凝らす。

ゆうずど、と書かれているように見えた。

一

2011年7月19日（火）
開いた窓から、生温《なまぬる》い風が入ってきた。
午後五時過ぎ。兵庫県神戸《こうべ》市にある公立大学のキャンパス。その部室棟の一角。
文芸サークル「黒猫の森」の部室はいつも黴臭《かびくさ》い。原因は、四方の壁に設置された本棚にある大量の本だった。そこにはあらゆるジャンルの書物が詰め込まれているが、共通しているのはどれも微妙に古く、傷んでいるということ。おまけに換気機能が追いつついていないせいで、部屋は年中、雨の日の匂い——と、先輩の誰かが言っていた。

「——年中って、お前まだ三か月しかおらんやん」

部屋の隅。ローソファーに寝転んでカバー付きの本を読んでいる日下部は、そう言って笑った。

「やから、先輩が言ったんすよ。誰やったかな……ほら、あの派手な髪色の」

漫画『動物のお医者さん』を長机に置いて、菊池は頭を掻《か》いた。文芸サークルと銘打っているが、その実態はいわゆる「飲みサー」で、飲み会でしか見たことがない先輩も多い。頭に浮かんでいるのは、ハイボール片手に笑う赤い髪の女性。確か、『梅雨払い』と称した六月半ばの飲み会で一緒のテーブルになった……ダメだ、思い出せない。

「まぁ誰でもええけど、そいつは本を愛さず文芸サークルに入った不逞《ふてい》の輩《やから》やな。読書家はこの匂いを好むもんや。……お前のことやぞ、菊池」

「読書家がですか？」

「アホか。お前はええ加減、漫画と東野圭吾《ひがしのけいご》以外読め」

東野圭吾を読んだって読書家だろうと思ったが、読書の絶対量では日下部に敵《かな》わないので、笑ってごまかした。そもそも、新歓コンパという酒の席の勢いで菊池を無理やりサークルに加入させたのは日下部なのだが。

火曜日と木曜日。今日も本来は活動の時間だけれど、菊池たち以外は誰も部屋に来ていない。元々「臭いから」とメンバーのほとんどが近寄らないが、今となっては、別の理由が生まれているのは明らかだった。

「……しばらくは活動なしですかね？　てか、この部屋入っていいんすか？」

「ええやろ、ケーサツの捜査も終わっとるし。活動もなぁ……前は課題図書決めてみんなでそれ読んで感想言い合ってってしとったみたいやけど、今は誰もやる気ないし」

そう言って、日下部は本のページをペラ……とめくる。

菊池は、開け放たれた部室の扉を見た。

正確に言うと、その向こうに見える手すり壁――宮原すみれが飛び降りた場所を。

彼女が飛び降りて死んでから、今日で六日が経っていた。

事件直後は大騒ぎだった。――あちこちで誰かが嘔吐《おうと》する音、携帯電話のシャッター音、遅れてきた教職員が「部屋に入ってて」と怒鳴り散らす声が響き――やがて警察と消防がやって来て、宮原の遺体はブルーシートに覆い隠された。

目撃者でかつ同じサークルである菊池と日下部は学生課に呼び出され、警察の聴取を受けた。二人同時だったのは、事件性がないと判断されたからだ。……この部室で見つかったのだ。彼女の遺書が。

千切れたノートのページに、乱れた字でこう書かれていた。

こんな結末は耐えられない。お父さんお母さん、ごめんなさい――

「最近病んどったらしいからなぁ、宮原ちゃん」

日下部は本を読みながら言った。

「それ、どこ情報すか？」

「海老名《えびな》晴美《はるみ》ちゃんでーす、わお！」

おどけた調子で言ったのは、自分の彼女の名前を出すのに照れたからだろう。海老名は菊池と同じ一年生だが、サークルに入って間もなく――つまり出会って一か月で日下部と交際を始め、もう二か月ほど続いていることになる。

「へー、仲良かったんすね？」

「いや、友達の友達くらいやて。けど、噂くらいは耳に入ってくる。……だいぶおかしなっとったらしいで。授業中にいきなり騒いだり、夜中に友達に電話しまくったり」

意外だった。飲み会の席で見た彼女は、線が細く、大人しい印象だった。それこそ文学少女チックな。……黒い髪と白い肌と丸い顔。三つ編みにしたら似合いそうなのに、あの子はいつも結ばないでそのままだった。

もちろん、そんなことを伝えたことはない。というより、話したこともあんまりない。

だけど記憶の中の彼女はよく笑っていて、自殺するような人には見えなかった。

自殺なんて――馬鹿な真似をするような人種には。

ぶぶ、と携帯電話が震えた。母からのメールだった。

――夏休みは帰ってきますか？

それだけの文面。「帰る」というわずか二文字を打つことが面倒で、菊池はそのまま机に放る。

「そう言えば、何か変なもんが見えるとか言うてたんやっけ」

起き上がった日下部と目が合った。

「俺も写メを晴美ちゃん経由でもらってな、お前に見せよう思てたんや」

そう言って携帯電話を操作する。すると、ポケットで菊池の携帯電話が震えた。メールだ。日下部からだった。写真データが添付されている。

「……うわ、何すかこれ」

まるで子供の落書きだった。

黒い滝のような長い髪の毛。その下には、四角を集めて描かれたドレスみたいな服。

さらにその下には、異様に細い脚のようなもの。

「宮原ちゃんにはこれが見えとったらしいで。確か——〈カミの化け物〉や言うてたて」

カミ？……髪？

「黒い髪の化け物ってことっすか？」

「いやペーパーの方の紙。身体についてるんは全部白い紙やねんて。御札くらいの」

それを聞いて改めて絵を見ると、ゾッとした。この化け物にというより、そんなものを見てしまう宮原すみれの心理状態に。

「……宮原さんって、出身どこでしたっけ？」

「あ？　あー、確か、佐賀とか言うてなかったっけ」

九州か。なら、今年の三月に起きた大地震は関係ない……のだろうか。

宮原すみれの死を目の当たりにして以来、ふとした瞬間に彼女の死の理由を探ってしまう。……こんなこと、意味がない。菊池は、自嘲《じちよう》の意味を込めて下唇を噛《か》んだ。

友人ですらなかった自分がいくら考えても、彼女の真意など理解できるはずがない。

いや、そもそも理解する必要もない。終わったことだ。死にたい奴は死ねばいい。

ただし、自殺したとわからないように、ひっそりと、誰も知らないところで。

「ああ、もう行かなあかん、だるっ」

本を閉じた日下部はソファーから立ち上がって、伸びをした。

「……何読んでたんすか、さっきから」

「ん？　ああ、これか？」

すると、日下部はにやにやと笑い出した。書店の名前が入ったブックカバーを取って、その本を見せる。菊池は「あっ」と声が出た。

それは——あの日、宮原すみれの遺体のそばに落ちていた本。

「それ、持ってってたんすか。いつの間に」

「へへへ。職員らが来る前にな、さっと」

悪びれない笑顔。好奇心を優先して非常識な行動を取るのは、日下部の悪癖だった。

「マズいんやないですか、警察に届けないと」

「へーきへーき。自殺やって警察も言うてたやろ？　今更こんな本持ってってたところで、何も変わらへんわ。それにこれは、元々ウチのんやしな」

ほれ見てみ、と本を渡される。菊池はそれを恐る恐る受け取った。

タイトルは『ゆうずど』。著者名は鬼多河《きたがわ》りさ。……知らない作家だ。

「古い本ですね。焼けてるし傷んでる」

「ああ。奥付見たら一九九九年刊行やった。十年以上前やな」

表紙に描かれているのは幾何学模様にも生物にも見える奇ッ怪なイラストで、下には「角川ホラー文庫」と記されていた。

「……てか、これ何かベタベタしません？」

「ああ、血ぃ付いとるからな」

げ、と菊池は顔をしかめた。よく見ると、表紙にはいくつか赤茶色の染みが残っていた。血だ。宮原の血が乾いてこびりついているのだ。

まるで、宮原がこの世に残した怨念《おんねん》のように。

「ちょっ……先言うてくださいよ！」

カラカラと日下部は笑った。菊池は指先だけで本を扱う。血はすでに乾き切っているはずだが、あのとき感じた忌々しい鉄の臭いが鼻腔《びこう》に蘇《よみがえ》った気がした。

「裏表紙見てみ。〈くろねこ〉って書いてあるやろ？　ウチのサークルの備品って証拠や。たぶん、宮原ちゃんはここで見つけたんやろなぁ、それ」

指先で本をひっくり返す。確かに黒のマジックペンで〈くろねこ〉と書いてある。

ふとある違和感を抱いたが、そんなことはどうでもいい。

「ちょ……これ、捨てていいですか、窓から」

待て待て待て、と日下部は慌てて本を回収する。それからカバーを付けて、改めて手渡してきた。もう触りたくもないが、待っていても引っ込めないので、受け取る。

「全六章の連作短編集や。四章まで読んだけど、フッツーのホラー小説やな。『ドグラ・マグラ』みたいなんを期待してんけど」

菊池は普段本を読まないが、夢野久作《ゆめのきゅうさく》の代表作くらいは知っている。読めば狂う本ならぬ、読めば自殺する本だと面白がって読んだわけだ。不逞《ふてい》の輩《やから》はどっちなのだろう。

菊池はためつすがめつ眺めて、違和感の正体に気づいた。カバーを半分だけ外して裏表紙を見る。そこには〈くろねこ〉と書かれているだけで、本のあらすじ――いわゆるウラスジがなかった。本を読まなくても、これだけ本に囲まれていればそれくらいのことは知っている。

どんな話なのだろう。試しに冒頭部分をパラパラと読んでみる。プロローグと呼ぶべき章で、ひょんなことから謎の本を手に入れた男性が何か思い悩んでいる。しかし、これだけではよくわからなかった。

「……これ、どんな話なんすか？　ゆうずどって？」

日下部は帰り支度をしながら、

「まぁ、一言で言うと、読んだら死ぬ、呪いの本の話やな。作中に出てくるその本のタイトルが『ゆうずど』やねん」

「へぇ。意味は？」

「まだわからん。最終章でわかるんかな」

菊池は本を返すと、部室を出てトイレで手を洗った。窓の外はまだ明るいが、日は傾き始めてどことなく気怠《けだる》い光が射している。戻ってくると、日下部が鞄《かばん》を持って出るところだった。

「戸締りを忘れんなよ」

「わかってますよ。教職は遅い時間に授業あって大変すね」

ほんまそれな、と頷《うなず》く彼の手には『ゆうずど』が握られている。

「……よく平気ですね。そんな、人の血が付いた本触って」

日下部はまた、カラカラと笑った。

「潔癖なやっちゃな。そんなん言うてたら中古本とか読めんで。誰がどんな使い方しとるかわからんからな。俺も昔、数十円くらいのエロ小説買《こ》うたらページの途中がパリッパリで、明らかにザーメ――」

そう言いかけて、日下部はふいにしゃべるのを止めた。

目を大きく見開いている。菊池の背後――中庭に面した手すり壁の方を見ながら。

すると、菊池を押しのけるように手すりから身を乗り出した。

「……どうしたんすか？」

「いや……今、何か、白いもんが落ちた気ぃして」

「白いもん？」

菊池も彼に倣い、中庭を見下ろした。白いもんどころか人っ子一人いない。振り返ると日下部が悪戯《いたずら》な笑みを浮かべている――ということもなく、彼は首を捻《ひね》っていた。

「おかしいな。いや、最近こういうことようあんねん」

聞くと、電車に乗っているときや街を歩いているとき、ふと、何かがビルなどから飛び降りる瞬間を視界の隅に捉《とら》えるらしい。驚いて確認しに行くが、何か騒ぎになっていることはないという。菊池は、不謹慎な連想をせざるを得なかった。

「大丈夫すか？……宮原さんに引っ張られないでくださいね。自殺は連鎖しますから」

「アホか。俺が死ぬわけないやろ」

二人で笑って、その日は別れた。

日下部が自宅マンションから飛び降りたのは、その翌週のことだった。

二

警察から電話があったのは、七月二十五日の午後七時過ぎ。

自宅のアパートで事の顚末《てんまつ》を聞かされたとき、本当の本当に――ドッキリかと思った。まず嘘の電話だと疑った。警察に「黒猫の森」のOBがいて、サークルぐるみのドッキリに加担しているのだと。

話を聞きたいので刑事が家に行っても良いかと訊《き》かれ、菊池は機械的に「はい」と返した。電話が切れてからもしばらく呆然《ぼうぜん》としていた。悲しみよりも、困惑と混乱が先にきていた。

部屋の隅に置かれている姿見に映る自分の顔は、紙のように白くなっていた。立ち尽くしていると、再び携帯電話が鳴る。画面に表示されている発信元は、海老名晴美。サークルに入った当初に、一年生全員で連絡先を交換したことを思い出す。

通話ボタンを押すと、か細い声が聞こえてきた。

「あ……菊池くん？　今、大丈夫？」

彼女も泣いてはいなかった。

「うん、大丈夫」

「ありがとう。……れ、連絡来た？　智樹のこと」

「うん、たった今警察から」

「警察から直接？　何で？」

「さぁ、たぶん、宮原さんのときに話聞かれたからやないかな」

そっか、とそれきり、短い沈黙が下りる。

「……どうしたん？」訊いたのは菊池だ。

「どうしたって……あたしも、ちょっと前に警察の人から聞いて、今は家族の人が一緒にいるって言われて、じゃあいいですって。会わないって。……よくわかんないけど」

とりとめのない話し方が、内心の動揺をよく表していた。今、彼女を打ちのめしているのはきっと、無力感と虚無感だ。自殺を止められなかった、彼が生きる理由になれなかったという、どうしようもない絶望。気持ちは痛いほどよくわかる。

「……何で、海老名さんとこに連絡がいったん？」

「あ、それはあたしが通報したから。電話してて、智樹と。その、飛び降りる寸前まで」

「そうなんや。……先輩、何してたか知ってる？」

「ずっと家におったみたい。何かすごく落ち込んでて」

あの日部室で話して以来、日下部は大学に来ていなかった。メールを送っても返事がないので心配していたが、まさか、こんなことになるなんて——

「……智樹、本当に自殺なんかな？」

彼女の声からは、「そうでないかも」という疑いの色を濃く感じた。

「どうして？」

「さっきも言ったけど直前まで電話してたの。……智樹、泣いてた。自分の部屋で。ずっと『死にたくない』『怖い』『落ちたくない』って繰り返して……」

想像できなかった。あの楽観的で享楽的な日下部が、そんな風に弱音を吐くとは。

「だいぶ弱ってたん？」

「というか、取り乱してたかな。宮原さんのこと知ってる？　あの子と同じこと言ってた。何か――〈紙の化け物〉が見えるって」

菊池は、眉根《まゆね》を寄せた。「それ、ほんまに？」

「うん。他にも『呪いだ』とか『結末が』とか『黒い栞《しおり》が』とか――あたし、全然わかんなくて、智樹が苦しんでた、の、に」

語尾は崩れ、彼女は泣きじゃくり始めた。

「う……、ご、ごめん、急に……」

「大丈夫。落ち着いて。一旦《いったん》切ろうか？」

「ううん……だ、大丈夫」

「そっか。……えと、ちなみに、何で自殺じゃないって思ったの？」

「……智樹、電話で言ってたの。誰かが家にいる、しゃべりかけてくるって」

「それ、本当？」

「うん……機械みたいな声で、ひぐ、ずっとぶつぶつ、つぶやいてくるって……確か、

〈クサカベトモキはこれまでの人生を振り返りながら、眼下の景色を眺めた〉——とか」

それはまるで、小説の中の一文のような文章だった。

「人がおったってこと？　テレビの音声とかやなくて？」

「それなら……ひぐ、智樹のフルネームが出てくるのは、ぅ、おかしいかなって」

海老名の言うとおりだ。しかし、だとしたら恐ろしい可能性が生まれる。

つまり、日下部は——誰かに殺されたかもしれないということだ。

「それ、警察には話した？」

「ううん……うまくしゃべれなくて……ぅ、うう、ごめん。うう、うっ……！」

海老名の嗚咽《おえつ》が激しくなる。やっぱり、これ以上はもう無理そうだ。こうなったらもう感情を堰《せ》き止めることはできない。

菊池は「また連絡する」と伝えて、通話を切った。

携帯電話を持った手を下ろすと、細い溜《た》め息を吐いた。

……ひかべぇ先輩が、死んだ。

自殺か他殺かわからないが、とにかく彼はもうこの世にいない。もう会えない。たった三か月の付き合いだが、毎日のように部室で会っていた。涙が出てこないのは、きっとまだ感情が追いついていないからだ。

他殺だとしたら、犯人は日下部の家に入り、謎の小説を読み上げて聞かせ、そして、ベランダから突き落としたということだ。……得体が知れない。誰がいったい、何の目的で。

小説――菊池の頭には、なぜか『ゆうずど』が浮かんだ。

海老名が言った一文があるかどうかは知らない。日下部のフルネームが入っている時点でその可能性は低い。なのになぜか、あの小説が関わっているような気がする。

足許《あしもと》がグラつく。ふらりとよろけて、台所と居間の境目に立つ柱に寄りかかった。普段は邪魔くさいと思っていた柱だが、今はその存在に感謝する。

……父が自殺したのは十二年前――菊池がまだ七歳のときだ。

死因は首吊《くびつ》りによる窒息死。場所は近所の公園の茂み。何でそんなところでと思ったが、精神的に消耗し、正常な判断ができなくなっていたのだろう。

その遺体を見つけたのが、菊池だった。

放課後、いつものようにグローブとボールを持って公園に行くと、木の陰にスーツ姿の背中が見えた。父だとわかり、喜んで駆け寄った。仕事が早く終わって、遊びに来てくれたんだ。隠れて自分を驚かそうとしているんだ。

「——パパみっけ！」

父はすでに事切れていた。

飛び出した両目。異様に長くなった首。青黒い顔。口からだらんと垂れ下がった赤い舌は、まるで別の生き物みたいだった。異臭がしていると思うと、父の下半身が大きな染みを作っていることに気づく。

……その後のことはよく憶《おぼ》えていない。次に思い出すのは、黒い服を着た母の丸まった背中。その向こう、祭壇の写真の中で父が笑っている。母はすすり泣いていた。

——生きてる意味がわからんて、何なんよ……。

呪詛《じゅそ》のような声が、電気の点《つ》いていない和室に満ちる。

——残されたあたしらは、どうしたらええんよ！

怒り狂う母を見て、父は何か悪いことをしたのだとわかった。

そのとき決めた。「ジサツ」だけは何があってもしないと。

ママが怒るから、悲しむから。

……パパみたいになりたくないから。

ぶぶ、とバイブ音。手の中の携帯電話が震えた。菊池は慌てて画面を見る。

母だった。またメールを送ってきたのだ。

——夏休みに帰るんならいつになるか教えてくださいち、と舌打ちが漏れた。今はそれどころじゃない。返す気にもなれず、菊池は携帯電話を机に放り出した。


しばらくして、キンコン、と玄関でチャイムが鳴った。

「——菊池くんやね？　すみませんね、夜分遅くに」

三船《みふね》と名乗るその刑事は、ドアを開けると柔和な笑みを見せた。流行《はやり》のツーブロックに黒縁眼鏡。小柄だが、白のポロシャツは筋肉でぱんぱんになっている。茶色のロングコートで角刈りの刑事というのは、創作物の住人らしい。三船は世間話を交えて日下部と菊池の関係を訊《き》き、最近の日下部の様子を尋ね、ようやく本題に入った。

「ちょっと見てもらいたいもんがあんねん」

そう言うと、リュックからノートパソコンを取り出した。開いた画面に映るのはどこかのエレベーターの中の映像。防犯カメラだ。奥の角から扉の方に向いた構図だった。

古い型なのか、画質はまぁまぁ粗い。それでも、扉が開いて入ってきたのは若い女性だとわかった。まだ開いたままの入口から、若い男が入ってくる。——日下部だ。

白いティーシャツにジーパン姿。

右隅の時刻表示を見ると、今日の午後三時過ぎ。警察から教えてもらった日下部の死亡時刻は約二十分後。ここから彼は海老名に電話をして、自宅のベランダから飛び降りる。

エレベーターの中で振り返った日下部は——突然、慌てて壁に後退した。

「えっ」菊池は思わず叫んだ。

エレベーターの外に、白い塊が見えた。違う。菊池は目を見開く。

そこにいたのは、白い紙を全身に貼った女。

〈紙の化け物〉だった。

肩から太ももまで、御札ほどの大きさの紙を何重にも貼って膨らんでいる。その姿はまるで、京都の安井金比羅宮《やすいこんぴらぐう》にある「縁切り縁結び碑《いし》」のようだ。女と言ったが、腰に届くほど長い髪で隠れて顔は見えない。紙の下からは枯れ枝のような脚が伸びている。

顔を上げると三船と目が合う。ずっと自分を観察していたのだと知る。

映像は続いている。菊池は、パソコン画面に目を戻した。

〈紙の化け物〉はエレベーターに近づいてきている。

脚を引き摺《ず》りながら、ゆっくりと。

時折ノイズで乱れる映像は、まるで悪夢を録画したみたいだ。

先にエレベーター内にいた女性は、壁にぴったりと背中をつけていた。低い画質でも慄《おのの》いている表情はよくわかる。だが、彼女が怖がっているのは〈紙の化け物〉ではなく、さっきから壁際で半狂乱になっている日下部だった。その証拠に、彼女は隙を見てエレベーターから飛び出した。化け物のすぐ横を素通りして。

まるで、化け物なんて見えていないみたいに。

日下部がボタンを連打し、エレベーターの扉が閉まる。閉まった扉の小窓に、化け物のぼさぼさの髪の一部が覗《のぞ》く。やがて箱はゆっくりと上昇を始め、扉が再び開くと、日下部は転がるように外に出た。映像はそこで終わった。


「……何ですか、これ」

「それを訊きにきてん」

三船は口許に笑みをたたえていたが、眼鏡の奥の目は笑っていなかった。

「この女の人にも話聞いてんけど、エレベーターの外には何もなかったらしい。日下部さんは、何もない空間に怯《おび》えてパニックになってたってことになる。何で？」

「……は？」

「そう言えば、宮原すみれさんも同じサークルやったね。調べたら、あの子も幻覚症状に悩まされとったみたいや。……なぁ菊池くん、何か知ってることないかな？」

菊池は黙った。何を言われているのかわからない。

「はっきり言おか。――きみらのサークルで、大麻とか流行《はや》ってへん？　覚せい剤とか」

大麻？　覚せい剤？

何だそれは。何の話だ。

「別に、きみがやってるとは言わんよ。ただ、知ってることを話してほしい。知ってると思うけど、違法薬物は脳への――」

「ちょ、ちょっと待ってください」たまらず、菊池は手のひらを前に出した。「……え、見えてないんですか？　紙まみれの化け物みたいなのがいたでしょ？　いましたよね？」

真っ黒になったパソコンの画面を指さす。真っ直ぐ目を見て訴える。

三船は目を逸《そ》らして、ふっと鼻で笑った。

「……そういう戦法は賢いと思わんけどなぁ」

ぽつりとそう言って、パソコンをリュックにしまった。そして、「また話聞かせて」と言い捨てて、扉を閉める。

閉まる直前に見えた彼の顔は、もう笑っていなかった。

何が起きているのかわからなかった。一人きりの家で、取り残された気分だった。

不可解な映像。不可解な刑事の態度。そして不審な宮原と日下部の死。

それらがぐるぐると混ざって、一つの仮説が頭の中で膨らんでいく。

つまり――俺は、『ゆうずど』に呪われたんじゃないか……。

三船には〈紙の化け物〉が見えていなかった。エレベーターの女性にも。

見えていたのは、宮原と、日下部。

そして二人は死んでいる。

高所から飛び降りて自殺している。

だったら――俺もそうなるのではないか。

いつまでそうしていただろう。外からカンカンとアパートの階段を上る足音が聞こえて、菊池はハッと我に返った。そして、それまでとは別の理由で固まってしまう。

足音がトットットと外廊下を歩く音に変わり、鍵穴《かぎあな》を回す音と、扉が閉まる音がした。ホッと溜《た》め息を吐く。そして、聞き慣れているはずの音に恐怖している自分に気づく。

……馬鹿馬鹿しい。呪いなんてあり得ない。そう思う反面、「もしかしたら」と考えてしまう。ノイズに歪《ゆが》む〈紙の化け物〉が脳裏をよぎる。

じっとしていられず、菊池は外に出た。二階建てのアパートの角部屋。そこが菊池の下宿だった。錆《さび》の浮いた鉄階段をカンカンと鳴らして下りる。静かな夜に、その音は不気味なほど大きく響いた。

蒸し暑い夜だ。風は生温《なまぬる》く、少し歩いただけで肌がべたつく。どこかでジジッと蟬が飛び立ち、規則正しく並ぶ街灯には漏れなく大量の蛾がまとわりついている。

しばらく歩いたところで、菊池の足は止まった。

数メートル先にある街灯。その下で、白い何かが闇に浮かんでいる。

街灯が地面に落とした光の円の中心、道路の真ん中で。

一瞬止まった呼吸はすぐに再開して、徐々に荒くなっていく。

そいつは、明らかにこっちを見ていた。ぼさぼさの、黒い、重い、髪の毛の奥から。


「……キ……チト、ウ……は、自ラノ意……で」

声が聞こえた。金属音が混じった耳障りな声。──奴だ。距離があるせいでほとんど聞こえないが、こっちに向かって語りかけている。

「……キ、クチ、トウマは、自ラノ意……で、……に……を……シタ」

名前を呼ばれた。それだけで、全身の肌が粟立《あわだ》つ。

脚と同じくらいか細い腕が、紙の束の中からすうっと現れた。その手をこっちに伸ばしている。銅像のような緑青色の手。——およそ人間の肌の色じゃない。

その手にすでに摑《つか》まれているかのように、身体は恐怖で動かない。

「……やめろ」

声を絞り出す。喉《のど》は痛いくらいに渇いている。

「キ、クチ、ト、ウマは、」

「やめろ」

ず……と脚を引き摺るようにして、奴が近づいてくる。

頭の中で叫ぶ。——動け。動け何でもいいから。

「自ら、ノ意……で、」

「やめろ！」

夜闇に声が響いた瞬間、身体が自由になった。

菊池は踵《きびす》を返すと、全速力で走った。今来た道を駆け抜けて、アパートの部屋に戻る。

ドアを開けて中に入るとすぐに閉めた。施錠してチェーンをかける。

のぞき穴を恐る恐る見る。——いない。廊下の手すりが見えるだけだ。

安堵《あんど》の溜め息が漏れる。菊池は居間の方へ振り返ると、壁にある照明のスイッチを押した。そして――その場で崩れ落ちそうになる。

蛍光灯の白い光の下。置き忘れていた携帯電話の横。

『ゆうずど』の本は、いつの間にかそこにあった。

我が目を疑う、何で、どうして。だが、その疑問に答えてくれる存在はいなかった。

今のわずかな留守の間に誰かが入って置いていったのか。……そんなはずはない。

恐る恐る近づく。その表紙には、宮原すみれの掠《かす》れた血痕《けっこん》が残っていた。間違いなく、日下部が彼女の自殺現場から持ち去ったものだ。これが今どこにあるべきなのかはわからないが、少なくとも自分の家ではない。

本からは――黒い栞がはみ出していた。

三

三百人以上を収容できる大教室に、次々と学生が集まってくる。

最後列から数えて三番目の講義机に、サークル長である田辺夕香里《たなべゆかり》は座っていた。ダンガリーシャツの下に白いワンピースを着ていて、腰には茶色のベルトを巻いている。周辺の席には彼女の友人と思《おぼ》しき数名が陣取っていて、通路に立つ菊池を品定めするようにチラチラと見ていた。

「ゆうずど……聞いたことないけどなぁ」

田辺は腕を組んで小首を傾げる。固定式の長机の上には「異文化マネジメント論」の教科書とルーズリーフが置かれていた。

「部室にあった本なんです。何か、もっと上の先輩から話を聞いたことないですか？」

「いやぁ別に。引継ぎにもそんなん書いてなかったし」

細い顎《あご》をピンク色の爪で撫《な》でながら、彼女はのんびりとそう言った。

「てーか、何でその本のこと調べてるん？」

菊池は、一瞬言葉に詰まる。『ゆうずど』は呪いの本で、呪いを解く方法を見つけるため、とは言えなかった。

「それは……宮原さんとひかべぇ先輩が、その、読んでたみたいで」

「え、それで、二人の死にその本が関係してんちゃうかって？」

田辺はくすっと笑った。

「……真剣に調べてるんです」

「そっか。菊池くん、ひかべぇと仲良かったもんなー」

そう言って教室の前を見る。上下に並んだ二枚の黒板の前には、まだ誰もいない。

「でもごめん。何も知らないや」

「……じゃあ、これまで他に、サークルで飛び降り自殺ってなかったですか？」

もしもあの本がずっと部室にあったなら、宮原たち以外にも犠牲者は出ているはずだ。そう思って訊《き》いたのだが、田辺は眉間《みけん》に皺《しわ》を寄せた。

「何訊いてんの……」

「いや、あの、冷やかしとか、面白半分やないんです。も、物語と自殺志願者の心理的な関係っていうか、そういうのを研究したくて」

苦しい言い訳だったが、田辺は一応納得したらしい。それでも言い淀《よど》んでいる様子だったので、菊池はもう一押しすることにした。

「……正直、ひかべぇ先輩が死んでから気持ちがしんどくて。でも、そういう心理を研究してる間は自分を客観的に見れるって言うか、落ち着く気がして……」

田辺は、菊池の目を見た。これ以上サークルから自殺者が出たらたまらないと思ったのだろう。「……あんま言うなって先輩に言われててんけど」と前置きしてから、「何かね……十年くらい前に、メンバーが連続して死んだことがあったらしいよ」

声を潜めてそう言った。心配しなくても、周りは雑音だらけで誰も聞いていない。

「飛び降り自殺ですか」

「それはわかんないけど、サークルの存続が危ぶまれる事態やったって、ＯＢ会で酔った先輩が言うてたわ。六人くらいが次々と亡くなったらしい」

想定していたよりも大きな数字に驚く。同じ大学で同じサークルに所属している六人が続々と自殺したのなら、もっとセンセーショナルな事件になっていたと思うが。

「確か、××小事件があった年やから、そっちに隠れちゃったんやない？」

「その人たちって『ゆうずど』を読んだんですか？」

「さぁ。それは知らないけど」

読んだに違いない、と菊池は思った。だが、「連続して」「次々と」と表現するからには、六人はかなり短いスパンで死んだと想像できる。つまり、六人はほとんど同じ、あるいは近いタイミングで本を読んだ――『ゆうずど』に呪われたことになる。中学生男子が『ジャンプ』を回し読みするんじゃあるまいし、そんなことがあるだろうか。

そう考えたところで、ハッと思いつく。――読書会だ。一冊の課題図書を何人かで読み、意見交換などを行う場。

恐らく、六人はサークル活動中の読書会に『ゆうずど』を課題図書として選んでしまい、一斉に呪われてしまったのだ。ならば、『ゆうずど』は十年前にも「黒猫の森」の部室に潜んでいたことになる。

「……何？　『ゆうずど』って読んだら自殺する本なん？」

田辺の疑問に、菊池は「そうかもしれないです」と言うに留《とど》めた。彼女は苦々しい顔をして、「それ、部室に戻さんと捨てといてな」と軽口を言う。

……捨てられるものなら、とっくに捨てている。

「うーん、じゃあ、私がOBの人に訊いといてあげよっか？」

「え、ほんまですか？」

「いきなり電話すんのハードル高いでしょ？　しかもそんな暗い話題で。就活で相談することもあるし、ついでに訊いといてあげるよ。『ゆうずど』のことと、事件のこと」

田辺は事件とは何の関係もない。悪いと思ったが、自分の命が懸かっているのだと思い出す。すみませんお願いしますと頭を下げると、彼女は満足げに笑った。後輩を二人も喪《うしな》い、自分にも何かできることはないかと探していたのかもしれない。

ちょうどそのタイミングで教員が入ってきて、菊池は入れ替わるように教室を出た。

その後、遅れて「心理学概論」の講義に出席したが、まったく集中できない。する気がない、といった方が正しい。教壇ではまるまると太った教員が教科書を平坦《へいたん》な声で読み上げている。

菊池は、今わかっていることをノートに書き連ねてみた。

・『ゆうずど』を読んだら呪われる（最後まで読まなくてもアウト）
・呪われたら死ぬ　↑宮原、日下部のように飛び降り自殺
・〈紙の化け物〉が見えるようになる　↓呪われた人間だけ？
・本は一九九九年刊行（角川ホラー文庫）

こんなものだろうか。ペンを置きかけて、もう一つ書き忘れていたことに気づく。

・『ゆうずど』は捨てても戻ってくる

それは、今朝確信したことだった。

今日が七月の二十七日。二十五日の夜に〈紙の化け物〉を見て、二十六日の朝に菊池は本を駅のゴミ箱に捨てた。その日は大学に行く気になれずアパートに帰ると、家のドアに立てかけてあったのだ。

『ゆうずど』が。まるで菊池の帰りを待つかのように。

誰かが駅で捨てるのを見ていて、先回りして家の前に——そんなあり得ない空想、いや、現実逃避をしてしまう。

菊池は本を掴《つか》むと、家に入らずアパートから離れた。もう一度駅に捨てて、家に戻る。扉を開けて、菊池はぎょっとした。今度は家の中に落ちていた。

午後になると、『ゆうずど』をリュックに詰めて三宮《さんのみや》に出た。どこに捨てていいかわからず、あてもなく繁華街を彷徨《さまよ》い、最後には駅のコインロッカーに本を放り込んだ。だが、目覚めると本は枕元にあったのだ。

逃さない、と本に言われている気がした。


「――何そのメモ。呪い？」

隣に座っている飯山《いいやま》が、ノートを覗《のぞ》き込んで小声で言った。同じゼミ仲間で、この講義を受けるときはよく並んで座っている。

「あー……あれ、サークルで作る冊子のネタ」

「へー、そっか、お前文芸部やったな」

部ではないが、別に訂正もしない。そんなことよりも、田辺のときといい、自分がこうもスラスラと嘘をつけるのは意外だった。

「てかさ、ゼミ飲み会やらん？　まだ学生だけで集まってないん、うちくらいやぞ」

二の腕が触れる距離まで近づき、ひそひそと言う。

「ええけど、お前幹事するん？」

「いや、誘って断られたら傷つくからさー、先に根回ししよかと。やるってなったらお前来てくれるやろ？　来週あたり」

うん、と返事をしてから、そのときまで果たして生きているだろうかという考えが頭をよぎった。その途端、手のひらにじわりと汗をかく。飯山が「みんな来てくれっかなー」と独りごちる横で、菊池は無表情を取り繕うのに必死だった。

大事なことを忘れていた。

いや、目を逸《そ》らしていた。

微《かす》かに震える指で、菊池はノートに新たに書き加える。

・呪いのタイムリミットはいつなのか？

宮原すみれの方は不明だから置いておいて、日下部が『ゆうずど』を読んだのはいつだろう。十九日に読んだと仮定して、日下部が身を投げたのが二十五日だから、六日で期限が訪れたことになる。

菊池も本を読んだのは十九日だが、二日前まであんな化け物の姿は見えなかった。恐らくだが、呪いには順番があるのではないだろうか。つまり、日下部が死んだ二十五日に、呪いの標的が自分に移った――

ということは、自分も日下部と同じように、呪われてから六日で死んでしまうのだろうか。……二十五日から数えて、もう二日経っている。つまり、あと四日。あまりに唐突な余命宣告に、菊池はその場で喚《わめ》き散らしたい衝動に駆られた。

よく考えてみれば、一日は休んだとは言え、自分は何でこれまでどおり大学の講義など受けているのだろう。……きっとこれも現実逃避だ。『ゆうずど』はただのホラー小説で、呪いなんて気のせいで、自分はこれから何事もなくキャンパスライフを送れる――そう思いたいから、無理やり日常を続けようとしている。

飯山は板書を写しながら「どこの店がええかなぁ」などとつぶやいている。その能天気さがつい先日までの自分にもあったことが信じられなかった。

ふと思いつく。……呪いを誰かに移すことはできないのだろうか。

たとえば、横にいる男に。

菊池は、リュックに入っている『ゆうずど』を思った。あれを飯山に読ませたら。もしかしたら、あるいは――いや、ダメだ。

菊池が本を読んだのは日下部が死ぬ前だったが、日下部は助からなかった。他人に本を読ませても、自分の呪いが解けるわけじゃない。ただ徒《いたずら》に犠牲者を増やすだけだ。

菊池は前髪を掻《か》き上げた。……もしも今すぐに呪いを誰かに移すことができるなら、喜んで移すだろう。当然だ。命が助かる道があるのにむざむざ他人に譲るなんて、自殺志願者のやることだ。

自殺志願者――父は、こんなおぞましいものを求め、受け容《い》れたと言うのか。

死を。死の恐怖を……。

ふと顔を上げて、菊池は凍りついた。

教室の前方。黒板の前、教壇に立つ教員の隣。

そこに、〈紙の化け物〉が立っていた。

真っ昼間から、明るい蛍光灯の下で、そいつは当然のようにそこにいた。

だが、その異質な風貌《ふうぼう》のせいで全く風景に馴染《なじ》めていない。

なのに、誰も何も言わない。視界に入っているはずの学生はおろか、触れそうなほど近くにいる教員さえも。

やはりあれは、自分にしか見えていないのだ。

「……ピラミッドの一番下の段にあるのは、『生理的欲求』です。これは、生きるために最低限必要な欲求ですね。人間の三大欲求、食欲、性欲、睡眠欲もこれに該当し」

「キ、クチ、ト、ウマは」

〈紙の化け物〉は、がりがりに痩《や》せた脚を一歩踏み出した。よろけるように、さらに一歩。そのたびに、ぼさぼさの黒い髪が束になって揺れる。

「二段目が『安全の欲求』。一段目よりも高次な欲求ですね。身体的・経済的に安心できる環境で暮らしたいという欲求で、たとえば戦争状態ではこの欲求が満たされず」

「自ら、の意思で」

机と机の間にある階段通路を上ってくる。大量の紙が擦《こす》れ合ってカサカサと鳴る。まだ距離があるのに黴《かび》臭い匂いが鼻につく。すぐ横を通られた学生も気づいていない。

「三段目。『社会的欲求』。このへんになると、日本で暮らしていても満たされない人が出てきます。これは家族や会社など社会的な集団に属していたいと感じる欲求で」

「ロ……」

皮と骨だけの腕が、紙と紙の間からずずっと出てくる。錆《さび》のようなくすんだ緑の肌。それはところどころ腐ったように黒ずみ、長い指の先にある爪がすべて割れたり剝《は》がれたりしていた。

「わに、く」

耐え切れず、菊池は叫んだ。

教員が驚愕《きょうがく》の表情を浮かべる。教室にいた学生たちは一人残らず菊池を見た。

〈紙の化け物〉は瞬《まばた》き一つ分の間に消えている。

いたたまれず、菊池はリュックに筆記用具を詰めると、逃げるように教室を後にした。

図書館は「学術資料館」と呼ばれる建物に入っていた。館の自動扉を抜けると、教育棟からここに来るまでに温められた身体が一気に冷やされる。一階にはいくつかの会議室と事務室があり、図書館は二階だ。階段を上り、扉が開け放された図書館に入る。受付カウンターの横にある検索用の端末に近づくと、菊池は荒い息のまま「ゆうずど」と打ち込んだ。

検索結果は0件——どのキャンパスにも蔵書なし。

わずかに期待していただけに、がっくりきた。もしもここに別の『ゆうずど』があるなら、貸出記録を教えてもらい、生き残った人に話を聞けるかもと思ったのだ。その人はひょっとしたら、呪いを解くことに成功したかもしれないから。

図書館を出ると、すぐ横にある「情報処理室」に入る。そこには学生用のパソコンが並んでいた。菊池以外にも何人かの学生がいて、熱心にキーボードを打っている者もいれば、机に伏して寝ている者もいる。

〈紙の化け物〉がいないことを確認してから、手近な席に着く。パソコンの電源を入れて、学籍番号とパスワードを入力。ブラウザを起動すると、検索バーに再度「ゆうずど」と打ち込んでエンターキー。

いくつかヒットした。が、古着や中古物品の販売サイトばっかりだ。「ゆうずどホラー小説」で検索し直すと、ヒット数は激減したが、確実に『ゆうずど』のことが書いてあるであろうサイトばかりになった。多くは書評メインの個人ブログ。中には中古販売サイトもあるが、これは『ゆうずど』を出品しているページが出てきているらしい。

自分以外にも読んだ人はたくさんいる――。出版社から出されているので当然だが、その事実が菊池を勇気づけた。きっとこの中には呪いに打ち勝った者もいるはずだ。『ゆうずど』についてはまだほとんど何もわかっていない。本のことを調べつつ、その人物と何とかコンタクトを取り、呪いを解く方法を教えてもらう――それが、生き残る近道のように思えた。

早速、個人ブログの一つにアクセスしてみる。

『ちぇちぇ様のおひとりごと』

2011／05／24

「次の作品は……」

今回読むのはこの作品！　鬼多河りさ著『ゆうずど』！

古本屋でようやく見つけました～（歩き回って足が痛い！）

こちらはなんと、上梓《じょうし》してすぐに作者が自殺したという、イワクツキの作品！
しょーじき、ホラー好きにはたまらないスパイスですよね～（ゲス顔）。楽しみ♡
読み終えたらまた感想アゲアゲしますね♪

鬼多河りさは自殺していたのか。飛び降りだろうか。そこまでは詳しく書いていない。とにかく新情報だ。ノートに「**・鬼多河りさは自殺している？**」と書き足す。

それから感想を読もうと思ったら、その日以降の記事はなかった。

別のブログを見ることにする。


『作家志望のカラクチ書評日記　～僕ならこう書きますけどね……～』

２００８／１２／１７「ゆうずど」

友達から借りて、鬼多河りさ「ゆうずど」を読みました。「ゆうずど」というタイトルの呪いの本に翻弄《ほんろう》される五人の人間の結末を描いたホラー連作短編集、かな。

感想を書く前に、最終章の主人公の名前が僕と同姓同名でビビりました。

（→これ、言っていいのか？笑）

こんな偶然ってあるんですねぇ。おかげでその章は感情移入出来て楽しめたかな、と。

で、総評。……うーん、何でこれが出版されて、僕がデビュー出来ないわけ？
出版業界の夜明けは遠い（泣）

そう言えば、と、菊池はまだ最後まで『ゆうずど』を読んでいないことに気づいた。
捨てることに躍起になっていて、本そのものを調べることを忘れていた。いや、無意識に避けていたのだろう。

本は今もリュックにある。十秒ほど逡巡《しゅんじゅん》して、別のブログに移動した。

『ゴクツブシロー流　本の旅』
今回の旅は、鬼多河りさ先生作の『ゆうずど』。角川ホラー文庫様ですね
先週の休日に、フリマで出会った、ホラー本です
本作は、『ゆうずど』という、いわゆる「呪いの本」を軸にした、全六篇の短編集。
せっかくなので、一日一篇ずつ、読むことに。本は、心の旅路。じっくり、何泊もして読みますよ
でも、何だか、買ったときに挟まっていた栞《しおり》が、勝手に動いているような……
あと、途中、家の中に、作中に出てくる怪異「ゆうずど」の姿が見えて、仰天
そんな幻覚を見てしまうくらい、ホラーな旅でした

追記…最終章には、私だけに向けたサプライズが。読書好きとしては、嬉《うれ》しい限り
　　　　　　2002年9月9日　恐怖の車窓から

菊池はある恐ろしい事実に気づいた。……今読んだブログは全て、『ゆうずど』を読むこと、もしくは読んだことを報告したのを最後に、更新が途絶えていた。

『ゆうずど』の呪いは実在する。最早《もはや》怯《おび》えている場合ではないのだ。菊池は、足許《あしもと》に置いていたリュックから本を取り出した。掠《かす》れた血の痕《あと》が残る表紙。黄ばんだ紙。あることに気づいて、菊池は目を細めた。

本に挟まれていた黒い栞。

二十五日の夜に見たときには冒頭部分に挟まっていたはずのそれが、移動していた。

ページ数は、60ページ。

おかしい。こんなに読んでいない。


「――菊池くん？」

涼しげな声が背後から聞こえ、菊池の肩は激しく跳ねた。

振り返る。白いノースリーブを着た女性が立っていた。

「海老名さん……」

「……おつかれ。一昨日《おととい》はごめん。すっかりパニクっちゃって」

「いや……」

「あの後、警察の人と何話したん？」

「よくわからんこと言うてたよ。サークルで薬物が流行《はや》ってないかとか何とか」

海老名は一瞬激昂《げきこう》しかけて——すぐにしゅんとなり目を伏せた。

「そっか。宮原さんも智樹も、そう思われても仕方なかった、のかな。……何してるん？」

ふいに、海老名はパソコンの画面を覗《のぞ》き込んだ。「……呪い？　ゆうずどって、これ」

「いや、これは」

「……智樹のこと調べてるん？」

正確には違うが、彼の死の真相を突き止めることにもなる。菊池は、ややバツが悪そうに頷《うなず》いた。

「智樹も読んでたよ、変なタイトルやから憶《おぼ》えてる」

「まさか、海老名さんも読んだん？」

菊池は一瞬焦ったが、海老名は「ううん」と首を横に振った。

「それ、宮原さんが読んでたやつなんよね？　何となく気持ち悪くて……」

ホッとすると同時に、羨《うらや》ましかった。この子は呪われていない。これからも生きられる。ついこの間まで当たり前だと思っていたのに。

「でも、どんな本なんかちょっと気にはなるよね」

と、海老名が菊池の持つ『ゆうずど』に手を伸ばしかけて——菊池は思わず怒鳴った。

海老名は驚いて手を引く。周囲の学生がこっちを見る。眠っていた学生も飛び起きて、部屋の中をキョロキョロと見回していた。

「何で、そんな……」

海老名の目は、あからさまに不審がっていた。

「いや、違くて……これは」

さっきまでスラスラとつけた嘘が出てこない。理由はわかっていた。……俺はこの子に、話を聞いてほしいと思っている。呪いのことを誰かに話したいと思っている。

海老名は呪われた日下部を近くで見ていた。彼女なら、信じてくれるかもしれない。

「海老名さん、ちょっと」

二人は場所を移した。図書館の下、一階にある会議室の一つに入る。そこで菊池は、『ゆうずど』の呪いと、日下部に起きたであろうことを話した。海老名は何とも言えない表情で、黙って聞いていた。

「──それで、この本はほんまに変やねん。ついさっきやけど、栞が勝手に移動してることに気づいた。この黒い栞が」

本を手に持って見せる。海老名の眉間《みけん》に皺《しわ》が寄った。

「そうなんや。……で、どんな栞なん？」

「……え？」

「智樹も言うてた。黒い栞が結末にどうとか……。あたしには見えない。菊池くんにも見えてるってこと？」

言われている意味がわからず、菊池は言葉が出なかった。

「二人でおんなじ幻覚を見てるってこと？」

「え、海老名さん……この栞、見えてないん？」

「……変やで、菊池くん」

そう言うと、海老名はトートバッグを摑《つか》んだ。怯えた目でこっちを見ている。

用事を思い出したからと告げて、彼女はそそくさと会議室を出ていった。

呆然《ぼうぜん》と椅子にかけたまま、菊池は遠くで自動扉が開く音を聞いた。

本を見つめて考える。

……この栞は、呪われた人間にしか見えない。

ならば、この『ゆうずど』という怪異が自分にだけ伝えたいこととは何だ。

日下部も、栞が結末にたどり着くことを恐れていた。彼は気づいたのだ。

この黒い栞が、呪いの期限——死へのタイムリミットを示していることに。

本を開く。ページは自然と、栞が挟まっている場所になる。菊池は、そっと本の最後のページを開いた。呪いの期限を知るために。

ページの上部に書かれている数字は、「３０４」。

だが、それよりも菊池の目を奪ったのは、ある文章。

菊池斗真は自らの意思で

その一文すら読み終わる前に、菊池は本を閉じていた。

いつしか心臓が早鐘を打っていた。冷房が効いているはずなのに全身から汗が噴き出す。

本に書かれていた自分の名前を見て、菊池は自分が呪われているのだと改めて実感した気がした。そして、確実に「死」という結末に近づいていることも。

呪いのタイムリミットは、読み始めてからの日数で決まるものではない。

俺の命は——あと２３９ページ。

四

・『ゆうずど』を読んだら呪われる（最後まで読まなくてもアウト）
・呪われたら死ぬ　←宮原、日下部のように飛び降り自殺
・〈紙の化け物〉が見えるようになる　↓呪われた人間だけ？
・本は一九九九年刊行（角川ホラー文庫）
・『ゆうずど』は捨てても戻ってくる
・鬼多河りさは自殺している？
・呪いのタイムリミットはいつなのか？　↓黒い栞《しおり》が結末にくるまで
・本の結末（最終章）の主人公は呪われた人間の名前になる

大学近くの駅にある喫茶店。ノートを見ながら、菊池は頭を抱えた。
今日は七月二十八日。三日かけてこれだけのことがわかったが、肝心の呪いを解く方法については何もわかっていない。焦りがじりじりと身を焼く。

一晩で『ゆうずど』の四章まで目を通したものの、最終章はまだ読めていなかった。恐ろしかったのだ。自分の死が描かれている本。何もなければ面白がって読んだかもしれないが、今は状況が違う。

理由はもう一つ。ある可能性を思いついてしまったからだ。つまり——結末まで読んだときに、呪いが執行されるという可能性。

だったら本を読み切らなければいいが、恐らくあの栞がそれを許さない。黒い栞が結末まで辿《たど》り着いたとき、呪われた対象も「読んだ」と判定されるのかもしれない。迂闊《うかつ》なことはしない方がいい。

しかし、そんな考えでは何もできない。

葛藤《かっとう》の中で、焦燥感だけが募っていく。

栞はすでに122ページまできている。

残りページ数は……182ページ。

二十七日の時点で65ページだったので、てっきり一日につき30ページくらいのペースで進んでいくのかと思いきや、そうでもないらしい。もしも栞の進行速度にムラがあるならば、呪いの期限を推測することは難しくなる。最悪、明日期限を迎えてもおかしくはないのだ。

はっきりとしているのは、このままでは死ぬということ。

恐らく。宮原や日下部のように、高い場所から飛び降りて。

一刻の猶予もない。菊池は携帯電話を手に取ると、角川ホラー文庫編集部の電話番号を調べた。だが、代表の番号しか載っていない。

意を決して代表に電話してみるが、ナビダイヤルに繋《つな》がり、ようやく出てきた女性に事情を説明しても「そのような商品は取り扱っておりません」「当方でご提案できることはございません」と取り合ってもらえなかった。

「この本を作った編集者さんがいますよね？　ただその人に繋いでほしいだけなんです」

「そうおっしゃいましても、お繋ぎすることは出来かねます」

否定を繰り返す女性の声は、ナビダイヤルの音声と同じくらい冷たかった。

何度も携帯電話に向かって「呪われてる」「もうすぐ死ぬ」と主張していたせいか、喫茶店の客たちからの注目が集まっている。

菊池は、飲みかけのコーヒーも置いて店を出た。

二十九日には、岐阜県にある人形供養で有名な寺に向かった。

応対したのは、五十代くらいの住職だった。菊池を見るなり苦々しい表情を浮かべると、「えらいもんを持ってきましたな」と一言言った。

「できる限りのことはしますが、これは保証できません」

真剣な声でそう言われ、菊池はとんでもないものに巻き込まれたのだと改めて痛感する。他に頼るところもなく、菊池は何度も頭を下げて、寺から離れた。

帰り道は、行き道よりも気が急《せ》いた。恐らく物理的な距離など意味がないとわかっていても、少しでも早く、遠く、あの本から離れたかった。

そして、真っ暗なアパートに帰り電気を点《つ》けると、本は机の上にあった。

菊池はその場に膝《ひざ》から崩れ落ちると、近隣のことも気にせず大声で泣いた。

残りページ数は、151ページ。


三十日の午前十時半。

菊池は、京都府亀岡《かめおか》市にある実家を訪れていた。JR線を乗り継いで京都の亀岡駅まで二時間。そこから亀岡市ふるさとバスに乗って二十分ほど。緑が眩《まぶ》しい田園風景の中を少し歩いてようやく辿り着く古びた一軒家。

ガラガラと引き戸を開けると、奥から訝《いぶか》しげな顔をした母が出てきた。――細い身体つき。頭頂部が黒くなった茶髪。年齢よりも老けた顔。

彼女は、突然帰省した菊池を見て目を丸くした。

「え、何で帰ってきたん？」

「……ええやん別に。息子が帰ってきて嬉《うれ》しないん？」

「そら嬉しいけど、早《は》よ言うてくれたら準備したのに」

ほんまこの子は、と小言を言いながらも、その横顔は嬉しそうだ。

四か月ぶりに入る居間は菊池がいたときよりも片付いていて、猫の置物が増えていた。菊池が家を出た後に、母が買ったのだろう。

「先にお父さんにあいさつしぃ」

今しようと思ったのに、と若干苛立《いらだ》ちつつ、菊池は居間の隣にある和室へ入った。窓際に置かれた父の仏壇もまた綺麗《きれい》に整理整頓《せいとん》されている。控えめな笑みを浮かべた父の写真の前には、皿に並んだ桃と、紙パックの雪印コーヒーが供えられていた。どちらも父の好物だ。

線香をあげて戻ると、「買い物行ってくるから」と母がポテトチップスとチョコレート、饅頭《まんじゅう》などを置いていった。それはまるで、息子を家に引き留めるための餌のようだった。

帰って来た母は、「昼は焼きそばでええ？」と訊《き》いてきた。案外質素なんだなと思っていると、「夜はすき焼きしたるから」と見るからに高そうな肉のパックを見せてくれた。

焼きそばを平らげると、菊池は母を散歩に誘った。母は「この暑いのに」と言いながらも出かける準備を始めた。

蟬はきっと神戸よりこっちの方が多いはずなのに、不思議とその鳴き声はうるさく感じない。どこまでも広い空へ、音が抜けていくようだった。アスファルトの道には大量のミミズが干からびて死んでいて、道路の両脇にある白いガードレールが午後の陽射しを眩しく反射する。小さな川のそばに紫陽花《あじさい》が密集していたが、そのほとんどは茶色く枯れ始めていた。

「どこまで行くん？」

斜め後ろを歩く母が訊く。行く当てはなかった。ただこうして、母と同じ時間を過ごしていたい。

そのとき、左手に広場が見えてきた。公園だ。よくここに来て一人でボール遊びをしたと思い出す。

そこは、父が首を吊《つ》った公園だった。

振り返ると、母は足を止めていた。つばの広い帽子の下は無表情だ。

「斗真。……帰ろ」

母は返事も聞かずに踵《きびす》を返す。菊池は何も言わず、その薄い背中を今度は追いかけた。

　夜は宣言どおりすき焼きだった。桜色の牛肉と甘辛い匂いに、最近は失われていた食欲が刺激される。ぐつぐつに煮えた具材を卵に絡めて食べると、涙が出るほど旨《うま》かった。

「大学は行ってる？　ちゃんとご飯食べとん？」

「行っとるよ。ご飯もたまに自炊してる」

「やっぱりこの家から通ったらよかったのに。京都と神戸なんかすぐや」

「嫌やわ、毎日何時間もかけて通学とか」

　母は大学生活のことを根掘り葉掘り聞いた。菊池は、宮原と日下部の自殺のことは言わなかった。そのうち母が缶ビールを差し出してきた。いっそ酔っ払ってしまいたかったが、そんな気分にもなれない。けれど、そのおかげで顔を赤らめながら楽しそうに笑う母の顔をしっかり見ることが出来た。

「いつ帰るん？」

「明日《あした》の夜には」

「そうか。ほな明日は焼肉にしよか」

　三本目のビールを呷《あお》った母は「お父さんにもあげたろ」と父の仏壇に缶ビールを一本置いた。しばらく仏壇の前でじっとしていたかと思うと、テーブルに戻って来て一言、

「斗真は絶対、自殺なんかせんでね」

と言った。

その瞬間、また幼い頃の記憶が蘇《よみがえ》った。――いつかの夜。今みたいにアルコールを飲んだ若かりし頃の母が、パジャマ姿の菊池に向かって言う。

「自殺なんて、アホのやることやわ。パパはほんまにろくでもないパパやったね」

居間と和室の間に立つ菊池に、母はいつまでも父への恨み言を聞かせた。

「あんな人を選んだあたしもアホや。蛆虫《うじむし》以下や。死んで当然やで」

菊池は口には出さなかったが、ずっと心の中で母の言葉に応《こた》えていた。

……わかってる。僕は絶対「ジサツ」なんかせぇへん。パパみたいにはならへん。ママを悲しませるようなことは、絶対にせぇへん。約束する。


――だからもう、パパの悪口は言わんといて。


かん、と軽い音で意識が現実に戻る。空になった缶を、母がテーブルに叩《たた》きつけた音だ。

「……せんよ。わかってる」

「約束やで」

だらしない笑みを浮かべると、母は缶を握ったまま、テーブルに伏して寝てしまった。菊池はコンロの火を消すと、母を隣の和室に連れて行き、敷いた布団に寝かせた。居間に戻った菊池は、リュックから『ゆうずど』を取り出した。その栞《しおり》がまた移動していることを確認する。

残りはあと、95ページ。

翌日、菊池は母にどこかにでかけようと提案した。が、母は二日酔いがひどいし暑いからと断った。仕方なく、家でのんびり過ごすことにした。

クーラーをガンガンに効かせた居間でテレビを観ていると、あっという間に夜になった。晩ご飯は、昨日母が言ったとおり焼肉だった。買い物に行かなかったところを見ると、昨日のうちに買っていたらしい。

夜の八時頃に家を出た。母に亀岡駅まで送ってもらい、そこで別れる。

「夏休みはもっと長いことおり」

母はそう言って、菊池が駅に入るまでずっとロータリーで見守っていた。

電車に揺られながら、菊池は「死ぬわけにはいかない」と改めて思った。

そのためにはどうするべきか、朧気《おぼろげ》に浮かんでいた方法を実行する決意を固める。

……残りはあと、53ページ。

五

そして、八月一日。

アパートで目が覚めた菊池が枕元の本を見ると、栞の位置はほとんど結末に近かった。

恐らく、もう最終章に入ったことだろう。そして、結末——呪いの期限は今夜、早ければ夕方には訪れるはずだ。だが、まだ時間はある。

菊池は、部屋の隅に置いてあった袋を開けた。二十九日に、寺からの帰りにホームセンターに寄って買ったものだ。中には、作業用のロープが入っている。

菊池はその強度を確かめると、自分自身を部屋にある柱に縛り付けた。

胴体に何重にもロープを巻き、しっかりと結ぶ。一人だけでの作業は思ったよりも難航したが、何とか出来た。背中はぴったりと柱にくっついていて、身動きは満足に取れない。……これでいい。あとは、絶対にこの部屋から出ないこと。

飛び降りが出来るほどの高さの場所に行かないことだ。

こう考えたのだ。……呪いが解けないなら、呪いを実行させなければいい。

このアパートは二階建てで、落ちたところで命に係わることはまずない。『ゆうずど』が自分に飛び降り自殺をさせたいなら、まずは高い建物に連れて行く必要がある。

だから、それを阻止してやる。

部屋の姿見に映る自分は、とてもまともには見えなかった。それでも、もうこの方法しかないのだ。

菊池は、ただひたすら「結末」が訪れるときを待った。部屋の中では、クーラーの稼働音だけが聞こえる。冷房が効いているおかげで熱中症になることはない。そばには水の入ったペットボトルが置いてある。だが、緊張のせいかやたらと喉《のど》が渇いて、午前中で三分の二ほども飲んでしまった。午後は節制しなければならない。

じっとしていると、ふと紙同士が擦《す》れ合うような音が聞こえた。

心臓が縮み上がる。しかし、〈紙の化け物〉の姿は見えない。まだ時間があるのだ。

トイレに行きたくなったが、もしロープを外した瞬間に外へ連れ出されてはたまらない。事が終わるまでは動かず、ただ待つ。漏らすことが何だ。命には代えられない。

時計の音が規則的に鳴る。……どれくらい経っただろう。

すると、手許《てもと》にある携帯電話が、けたたましく鳴り始めた。

ひどく驚いたが、いい眠気覚ましになった。携帯電話を取って開くと、表示されていた名前は「田辺夕香里」。「黒猫の森」のサークル長だ。

通話開始ボタンを押すと、鈴のような声が聞こえた。

「——あ、菊池くん？　今、大丈夫？」

菊池は「はい」と返す。まさか、自宅でロープに巻かれているとは思わないだろう。

「えっと、この前の本——『ゆうずど』のことやけどね、ＯＢの先輩に訊《き》いたらいくつかわかったことがあるから、報告しようと思って」

そうだった。あれ以来ずっと連絡がなかったのですっかり忘れていた。

「ありがとうございます。……それで」

「うん。その六人の共通点なんやけど——最初の死者が出るちょっと前に、その六人だけで読書会したらしい。そのときの本が『ゆうずど』やったかもって、先輩が」

やっぱりだ。推理どおり。今更それがわかったところで何の解決にも繋《つな》がらないが。

「あと、六人が亡くなった状況なんやけど、まず一人目が交通事故で、二人目が溺死、三人目は下宿先が火事になって——」

え、と菊池は声を漏らした。

さらに四人目、五人目と死の状況を伝える声を遮って、菊池は訊く。

「ちょ、ちょっと待ってください。……ぜ……全員、飛び降り自殺やないんですか？」

「いや？　死に方はバラバラみたいよ。飛び降りもいたけど、他はみんな——」

そこまで聞いて、携帯電話が手から滑り落ちた。電話は畳の上に落ちて、少し離れたところまで転がる。田辺がまだ一人でしゃべり続けている声が聞こえる。

死に方が違う。結末は「飛び降り自殺」に統一されていない。

その事実が頭の中でぐるぐると巡る。

ということは、俺の結末も、飛び降り自殺ではない可能性が——

そのときまた、紙同士が擦れ合う音がした。

前へ向き直ると——いた。いつの間に。

〈紙の化け物〉が、閉じたカーテンの前に立っていた。

薄暗い和室。畳の上に、奴は裸足《はだし》で立っている。身体についた大量の紙が擦れ合い、かさ、かさ、と落ち葉のような音をたてた。顔は相変わらず長く重たい髪に隠れていて、その表情は一切読み取れない。

来た——菊池は、全身が硬直するのを感じた。

「**キク、チ**」

化け物が自分の名前を呼んだ。金属音に似た声。

奴は畳の上で脚を擦らせながら、ゆっくりと近づいてくる。
一歩近づくごとに、餓鬼のような脚が、すり……すり……と音をたてる。
身の毛がよだつ。全身が粟立《あわだ》つのを抑えられない。

「トウマ、は」

両脚が勝手に動く。
身じろぎするたびに、ロープがぎち……ぎち……と擦れ合って鳴る。

「自らの意思で——ロープの輪に、首を通した」

そう聞こえた瞬間、菊池は頭の中が真っ白になった。
嘘だ、とつぶやく。
ロープを使った死に方なんて、一つしか思い浮かばない。
それは、菊池がこの世でもっとも忌むべき死に方だった。
すり……すり……と足音が鳴る。化け物の姿が目の前まで迫ってくる。
お前は、俺に、飛び降り自殺をさせたいんじゃなかったのか——

「アトは、足の、指先に力を込メるダケ、だ。足と床の間のワずカナ、空間。ソれが生と死ノ間なノダ、と彼ハ知った。タッた、三十センチほドノ隙間。だが、それコソが、決シて、埋まル、コとのナイ、絶対的ナ断絶なノダ、と」

髪の毛の奥から聞こえる声が、徐々に鮮明になっていく。

だって、違う、と駄々っ子のように繰り返す。飛び降り自殺だ。宮原も日下部もそうだった。二人連続してそうだったのに、どうして自分は別の死に方になるのか。

そのとき、ひらめきが頭の中で閃光《せんこう》のように迸《ほとばし》った。

もしや——宮原すみれの「結末」は、「飛び降り自殺」ではなかったのではないか。

彼女が残した遺書を思い出す。こんな結末は耐えられない——あれは「飛び降り自殺」のことではなく、彼女が『ゆうずど』に与えられた「結末」を指していた。

恐らく、自ら死を選んだ方がマシと思えるような、壮絶な結末のことを。

「ロープガ、首に、食イ込む。ソの瞬間、生キテいル、ウちには味ワう、コトのナいであロウ、禁断ノ快感が、キクチの全身カラあふれ、出しタ」

緑青色の手が、菊池の肌に触れた。
吸い付くような冷たい手。気持ち悪い。首から上を激しく振って逃げようとする。
だが、身体が動かない。菊池は自らの行いを悔いた。
しかし、もう手遅れだった。
獣のような咆哮《ほうこう》が口から迸る。
涙があふれてくる。歪《ゆが》んだ視界に化け物の姿がどんどん迫ってくる。
嫌だ。ダメだ。嫌だ。自殺だけは。
首吊《くびつ》りだけは、絶対に。

——斗真は絶対、自殺なんかせんでね。

母の声が蘇《よみがえ》った。喪服姿ですすり泣く彼女の背中も。
そして、あの日見た父の最期も。

——飛び出した両目。異様に長くなった首。青黒い顔。口からだらんと垂れ下がった赤い舌は、まるで別の生き物みたいだった。異臭がしていると思うと、父の下半身が大きな染みを作っていることに気づく。

それは――菊池が最も恐れる死の形。

菊池は、絶叫した。

――嫌だ！　自殺は嫌だ！　殺してくれ！　殺されたとわかるように死なせてくれ！

そのとき、緩んだロープが蛇のように首に巻き付く。

次の瞬間、菊池の身体は見えない力でふわりと浮き上がった。

第二章　牧野伊織

一

2022年9月17日（土）

白かった天井が、みるみる真っ赤になっていく。

私は、見開いた目で、ただそれを見つめていた。

赤い天井を背景にして、仰向《あおむ》けになった視界のほとんどを黒い影が覆っている。

それは頭——髪の毛だった。

黒く長い髪に覆われた顔が、私に馬乗りになって、覗《のぞ》き込んでいる。

そいつは——全身に白い紙を纏っていた。

汚らしく伸びた髪に隠れて顔は見えない。だけど、髪の隙間に見える目は真っ赤に充血していた。饐《す》えた臭いに鼻が曲がりそうになる。それと、鉄臭い匂い。

いや違う——鉄臭さは、私の血液のせいだ。

そのとき、肩に刺さっていた包丁が乱暴に引き抜かれた。

激痛と共に、私の血がまた壁と天井に迸《ほとばし》った。目の前が赤く点滅する。私は海老反《えびぞ》りになると、とても自分のものとは思えない叫び声をあげた。栓が抜かれた傷口から、じわじわと温かいものがあふれ出る。

部屋は——私の血で赤く染まっていた。

壁も天井も、お父さんに買ってもらった机も、棚に飾ったぬいぐるみも、壁にかけた高校の制服も。きっと、背中に敷いているお気に入りのピンクのラグも。

「や……め、て」

私は、懇願した。

もうどこを何度刺されたかもわからなかった。痛み以外の感覚がない。

すると、逆手に握られた包丁がぴたっと空中で止まった。血塗られた刃は、窓から射し込む橙色《だいだいいろ》の光を受けて鈍く光っている。その切っ先から一滴の血が私の頬に落ちた。

痛みよりもその生温かさで、これが現実なのだと知る。

意識を失いかけた瞬間——包丁は胸に降ってきた。

刃はブツリと音をたて、ブラジャーと乳房を通過した。硬いものが肋骨《ろっこつ》に当たる感触に、いきなり冷水をかけられたかのように息を吞《の》む。

そして、粘っこい音と共に、異物感が抜き取られた。

薄れかけていた意識が、再び痛苦にフォーカスした。急速に吐き気がこみ上げてきて、胃の中のものが口から飛び出る。血が混じった吐瀉物《としゃぶつ》は目の前の存在にもかかったが、奴は微動だにしなかった。

吐いたものが喉《のど》に詰まり、私は横を向いた。散々噎《む》せ返ってから、ようやく呼吸ができるようになる。横倒しになった視界。霞《かす》む目が白い本棚を捉《とら》える。

そこには、黒い背表紙の本が並んでいる。

それはまるで、本棚に開いた歪《いびつ》な黒い穴のようにも見えた。

私のコレクション。角川ホラー文庫。

再び朦朧《もうろう》とし始めた意識の中、ある小説のタイトルが浮かぶ。

ゆうずど――

……これが私の「結末」なのか。

いや、でも、そんなはずは、あの本には――

痛みで思考がまとまらない。確かに心に浮かぶのは後悔だ。

やめておけばよかった。自然と涙があふれてくる。

興味本位で「呪いの本」なんて欲しがらなければ。

あんな本に関わらなければ、今頃こんなことには――

意識が遠のく。ようやく死ねる。この地獄が終わる。

そう思った瞬間、鳩尾《みぞおち》に鋭い痛みが走った。

また意識が覚醒《かくせい》する。現実に引き戻される。

地獄がまだ終わらないのだと思い知らされる。

死と苦痛の間を何度も往復しながら――私は『ゆうずど』を手に入れた日のことを思い出していた。

二

2022年9月9日（金）

＊　＊　＊

【生配信】激ヤバ心霊スポットで呪いの本を検証してみた！【閲覧注意】


……はい、どうも～！

えー、言わずと知れた心霊系配信者・シリョウです。怨怨《おんおん》！

「怨怨！」「怨怨！」「おんおん！」「怨怨！」「怨怨！」「怨怨！」「おおん！」「グラサンにあってなくね」「怨怨！」「怨怨！」「怨怨！」「怨怨！」「生きてたか」「怨怨！」
「ＯＮＯＮ！」「怨怨！」「おん」「怨怨！」「怨怨！」「オン怨！」「怨怨！」「怨怨！」

というわけでね、へへ、今日はね、かの有名な心霊スポット・旧女食《めぐい》トンネルに来ております！　いやぁ、ね、「女を食う」と書いて「女食」ですよ。いかにもヤバそうですねー。女、食ってみたいですよ僕も！

はい、てことで場所は結構山の中でね。大きい道外れてから三十分くらい走ったかな？　今はね、夕方の五時半ですんで、もうちょっとしたら暗くなるかな。

ちょっとカメラ動かすと……はい、見えますか？　うん、がっつり閉鎖されてますね。反対側の方もダメだそうです。草ぼーぼー。思ったより小さいね。僕以外の人は見当たらないです。撮影始まる前にちょっと近づいてみたんですけど、吸い殻とか落ちてて……いや地元のヤンキーここまで来ねぇだろ。走り屋とか？　あ、配信者かな？

モラルの低下が叫ばれますね。

うわデカい虫入ってきた、これ何？　ちょちょちょ……。ええと、うん、雰囲気はね、割と普通なんですけど、まだ九月なのに何となく空気がひんやりしてるのは山のせいですか皆さん？　え？　もう何か映ってる？　ヤバい？　退散した方がいい？

はい！　帰らないんですよー、交通費いくらかかってると思ってんですか？　てゆーかコメント早《は》えーなおい！　落ち着け！　馬鹿！

はい、えー、もうコメント欄は無視していこうかと思います。

今日はこの旧女食トンネルで何するかと言いますとね、こちら、……え、自殺？　ここで？　僕が？　そうそう、心霊系配信者としてはやっぱり最後は自分のユーレイになるって馬鹿野郎！

違いますね。はい、こちら！

鬼多河りさ著『ゆうずど』を検証します！

「ゆぅずど？」「つまんね」「シーン」「知ってる」「しってる」「あーはいゆぅずどね」「にわか多すぎ」「あ　か　ん」「オカ板でけっこー有名なやつな」「ゆぅずど？」「へー」「知らん」「やばいの？」「何か映ってね？」「作者死んだやつだろそれ」「こっわ」

いいですねいいですね、色んな反応ありがとうございます。

まぁ簡単に説明すると、この本は読んだら死ぬっていう呪いの本でね。割と知る人ぞ知るって感じの都市伝説なわけです。

　この本、実はワタクシことシリョウ、サービスエリアで読み切ってまいりました！　はい、なのでワタクシもう呪われてます！　呪われ済みです。すでに呪わせたものがこちらになります。

「用意いいなｗ」「心霊スポット×呪いの本……ってコト!?」「ゆうずどか」「三分クッキングやめろｗ」「ゆうずどはヤヴァイだろ」「なんかいる」「何やねんゆうずどって」「にわか消えろ」「何か車に近づいてきてない？」「草」「お気遣い痛み入るわ」「こわい」

　というわけでね、うん、そう！　心霊スポット×呪いの本ってことで、まぁまぁ雑談交じりに周辺探索しながら、何か面白いものが撮れることに期待しましょうってのが今日の企画でございますよ。

「ゆうずどきいたことないなー」「シリョウは雑談が真価」「鬱蒼《うっそう》としてるね」「よくいけるな」「オカ板のうらる貼って」「人ならいるじゃないですかやだー」「やばくね」「甘えんなカス」「白い女がいる」「ここに一晩泊まったら十万円、やる？」「一年間やる」「ゆうずど読んだことあるけど何もなかったぞ」「死なないで」「死ね」

お、ちょっとずつ人も増えてきましたねー。まぁ普通に心霊スポット行ってもつまんないですからね、イマドキ。あんたたちの目が肥えたせいで、配信者は大変なんだぞ！

……えー、はい、大声出したら森から鳥の大群が飛んでいきました。

じゃあいきますよ！

霊魂さん、いらっしゃ～い！


「いらっしゃ～い！」「いらっしゃ～い」「いらっしゃい！」「いらっしゃ～い！」「はよいけ」「いらっしゃ～い！」「鼻でか」「いらっしゃ～い！」「いらっしゃ～い！」「ブッサ」「歯を矯正しろ」「いらっしゃ～い！」「いらっしゃ～い！」「いらっしゃ～い！」「いらっしゃ～い！」「後ろに何かいるよね？」「いらっしゃ～い！」「いらっしゃ～い！」「いらっしゃ～い！」「いる」「いらっしゃ～い！」「いらっしゃああい！」

＊　＊　＊

いおいお@ioiokaruto

女子高生の皮を被《かぶ》ったオカルトマニアで何かのタマゴ／ホラー全般／ポケモン／アニメ／声優／オカ友さん歓迎！／同年代の人、オカ友以外でも歓迎です♪

午後六時二十七分。とある住宅街にある一戸建て。その二階。
牧野伊織《まきのいおり》は動画を一時停止すると、背もたれに身を預けて伸びをした。電気の点《つ》いていない薄暗い部屋で、デスクトップパソコンのモニターだけが青白く光っている。伊織はロングヘアーを後ろでまとめてポニーテールにすると、ジャージの袖《そで》をまくった。パターン入力でスマートフォンのロックを外すと、ＳＮＳに新たに投稿する。

いおいお＠ioiokaruto・2022年9月9日
え、ちょっと待って。もう●年はオカルトマニアやってるけど『ゆうずど』なんて知らんかったよー（；∀；）　チェックせねば！

スマートフォンを机に放り出すと、ブラウザの新規タブを開いて「ゆうずど　呪い」と検索した。検索結果の中から、オカルト専門のまとめサイトにアクセスする。検索を進めるうちに、それは二十年以上前に出版されたホラー小説だとわかった。発売直後に作者が自殺しているらしく、それが都市伝説化のきっかけになったのだろう。

レーベルは――角川ホラー文庫。

伊織は、部屋の隅にある本棚に目をやった。――ずらりと並んだ黒い背表紙はいつ見ても壮観だ。古い作品は父が集めたものだけど、それ以外はお小遣いで買った。横溝正史《よこみぞせいし》や江戸川乱歩《えどがわらんぽ》作品はもちろん、『リング』や『黒い家』、『ぼぎわんが、来る』など有名どころは押さえてあるし、ネットで話題になったものも一通り揃えている。

けど、『ゆうずど』なんて聞いたことがない。

どうやら、かなりマイナーな怪談らしい。せいぜいオカ板で思い出したように話題になっては消え、を繰り返している程度だろう。

呪いの内容は、動画のとおり「本を読んだら死ぬ」というもの。一行でも読んだら死ぬ、という思い切りの良さに、つい麦茶を噴き出した。その本は読む人によって最終章の結末が異なっており、呪われた者は結末どおりの死を迎えることになる。

つまり人によって死に方が異なるということだけど、それがこの怪談のマイナーたる所以《ゆえん》かもしれない。「山に連れて行かれる」とか「目を逸《そ》らすと眼球が破裂する」とかいう一律の死に方があった方が、読者にインパクトを与えやすいのだ。

しかし、いくらマイナーとは言え、名前すら知らなかったのは自称オカルトマニアとして不覚だった。「シーラ」に知られたら、「勉強不足」と一喝されることだろう。

ネットサーフィンをしていると『ゆうずど』のスレを見つけた。かなり古いログだ。

01:ほんとにあった怖い名無し　2012/03/24(土)/01:44:56　ID:n43nM2gua
ゆうずどやばい　お前らにそそのかされて読んだけどマジでヤバイ
何か女か男かわからん紙だらけのやつがずっと見える　小説と同じだ
今も踏切の向こうに見える　だれかたすけて

04:ほんとにあった怖い名無し　2012/03/24(土)/01:45:12　ID:w41BIV3n0
ゆうずどはやめとけとあれほど言っただろ

06:ほんとにあった怖い名無し　2012/03/24(土)/01:45:20　ID:9sVlhVE90
嘘乙　俺も新刊手に入れて読んだけど何ともなかったわ　ただのつまんねー小説

07:ほんとにあった怖い名無し　2012/03/24(土)/01:45:26　ID:k6ggskg90
結末はどうなってる?

09:ほんとにあった怖い名無し　2012/03/24(土)/01:45:48　ID:n43nM2gua
通り魔に刺されて死ぬって書いてある　しかも主人公は俺の名前

どうなってんのマジで　誰か除霊法や霊媒師紹介してくれたのむ

12:ほんとにあった怖い名無し　2012/03/24(土)/01:46:04　ID:m6w5HEKU0
オワッタナ　そうなったら死ぬしかない　HDD壊しとけ

15:ほんとにあった怖い名無し　2012/03/24(土)/01:46:23　ID:77dJP/a90
マジなら結末が違うページうpってみろや
できないだろうけど（笑）　釣り乙

19:ほんとにあった怖い名無し　2012/03/24(土)/01:47:54　ID:n43nM2gua
>>15　これで見える？　釣りじゃないからマジでたすけてほしい
ばあちゃんと二人暮らしなんだよ　ばあちゃん俺が死んだら後追っちゃうよ

23:ほんとにあった怖い名無し　2012/03/24(土)/01:48:59　ID:9sVlhVE90
>>19　画像見たけど俺が持ってるのと一緒じゃん
どこにお前の名前があんだよ

24:ほんとにあった怖い名無し　2012/03/24(土)/01:49:15　ID:77dJP/a90
はい釣り確定　ババアと一緒に氏ね

26:ほんとにあった怖い名無し　2012/03/24(土)/01:49:33　ID:w41BIV3n0
》15,23,24　にわかハケーン　ゆうずどの結末は本人にしか読めないから
オカ板じゃ常識でしょうに

27:ほんとにあった怖い名無し　2012/03/24(土)/01:49:54　ID:0LQiO5610
呪われてるのに書き込む余裕はあるんですね

30:ほんとにあった怖い名無し　2012/03/24(土)/01:50:14　ID:ki+djX7D0
なーにが常識でしょうにだよ
オカルトオタク特有の選民意識丸出しでキモスギ

32:ほんとにあった怖い名無し　2012/03/24(土)/01:50:18　ID:k6ggskg90
てゆーか》1 どこいった?

最後までスクロールしたが、結局スレが落ちるまで>>1は戻らなかったようだ。

男か女かわからん紙だらけのやつ——これが『ゆうずど』に宿る怪異の姿らしい。自演にしてはずいぶんあっさりしているなと思う。「主人公は俺の名前」ということは、結末は呪われた人間の名前になっているのだろうか。確かめようとするが、アップされていた画像はすでに見えなくなっていた。

どんな本なんだろう。読んでみたい。

伊織は新規タブで通販サイトを開いた。本は絶版になってしまっているので、中古で探すしかない。……が、唯一売っていたサイトでも一万円以上した。元々発行部数が少なかった上に、都市伝説が付加価値になってしまっているのだろう。

伊織は、親指の爪を嚙《か》んだ。一万円は出せない金額ではないけど、最近は新しいアニメのブルーレイを買ったばかりでお金がない。電子書籍は出ていないようだ。やっぱり、読むには、紙媒体で持っている人に借りるか譲ってもらうしかない。

手に入りにくいとわかると俄然《がぜん》欲しくなる。『ゆうずど』はもしかしたら本当に——自分を呪ってくれるかもしれない。

呪われてみたい。そう思い始めたのはいつ頃だろう。

それこそ、きっかけは小学生の頃にハマった角川ホラー文庫だった。父の書斎にあった黒い背表紙の本たちは、伊織を知らない世界——教科書や児童書が見せてくれない世界へ連れて行ってくれた。

いつしか伊織は、作中で怪異に襲われる主人公たち——呪いにかかった人たちを羨《うらや》むようになっていた。怪異に立ち向かう勇気、剝《む》き出しになった生への執着、そしてホラーの醍醐味《だいごみ》とも言えるほろ苦い結末……物語の渦中にいる彼・彼女らは、伊織にとっては「ヒーロー」だった。たとえ、怪異に翻弄《ほんろう》されるだけだったとしても。

呪われたい——そう考える人は少ないけど、いる。

たとえば、都市伝説の「ひとりかくれんぼ」は自分自身を呪うと言われている危険な降霊術だけど、実践する人は後を絶たない。わざわざ心霊スポットに出向く人も同じ。彼らは怖がる反面、怪異との接触——呪われることを望んでいる。

もちろん、中には単に「怖いもの見たさ」が理由の人や、再生数稼ぎが目的の人もいる。自分のような生粋の——純粋に深淵《しんえん》に魅入られた人間は少ない。けどいるのだ。

ホラーにハマった小学生時代——そう聞くと憐《あわ》れんでくる人がいるけど、別にさみしかったわけじゃない。両親はちゃんとかまってくれたし、当時は友達もいた。

一緒だ。アイドルを好きになったり、スポーツにのめり込んだりすることと。自分はただ、ホラーというコンテンツを楽しんでいただけだ。違うのは、大人が「子供らしい」と微笑んでくれるかどうかだけ。

彼ら彼女らがアイドルや野球選手のモノマネをするのと同じように、伊織は「霊が見える人」や「呪われた人」になり切った。教室の隅を指さして「髪の長い女が立ってる」と言ったり、学校近くのマンションを挙げて「悪霊の溜《た》まり場になってる」と言ったり。

もちろん見えていないし、感じてもいなかった。だけどそれは、平凡以下の容姿のくせにアイドルと同じ髪型にしたり、下手くそなくせにプロの選手のバッティングフォームを真似たりする連中と同じだったはずだ。

なのに、伊織だけが排除された。疎まれた。

――お前さ、そんな嘘吐いてまで特別だと思われたいわけ？

薄暗い部屋に、声変わりしたばかりの声が響いた気がした。声の主は中学のときの同級生だ。その憐れみと蔑《さげす》みが混じった表情ははっきりと憶《おぼ》えている。

気づくと、マウスを握る手に力がこもっていた。ぐっと下唇を噛む。

それから、ふっと息を吐くと同時に、笑った。……矛盾だ。彼らの言うことは矛盾している。特別じゃないなら、何で攻撃してくる？　排除しようとしてくる？

彼らもわかっていたのだ。伊織は特別だと。異質だと。

伊織はスマートフォンを手に取ると、するすると文字を打ち込んだ。

いおいお@ioiokaruto・2022年9月9日
炎上覚悟で言うけど「選民意識」って言葉が嫌い。要するにエリートへの僻《ひが》みでしょ? 何にも持ってない人たちが必死にレッテル貼りしてる感じ。凡人特有のコンプレックス丸出しでキモスギ

もう一度息を吐いた。やや溜飲《りゅういん》が下がった気もするが、まだ胸の内がざわざわする。

こんなときは「シーラ」と話したくなる。それは、一か月ほど前にSNSで知り合ったアカウントの名前だった。

伊織と同じオカルトマニアの女子高校生だとプロフィールに書いてあるが、真偽はわからない。けれど、アイコンの写真や話し方(と言っても、メッセージのやり取りだけだけど)からして、本当なんじゃないかと思っている。

そして、オカルトに関する造詣《ぞうけい》は、悔しいけれど彼女の方が深く、伊織は潔く「師匠」と仰ぐことにしていた。

——そうだ。シーラなら、『ゆうずど』のことを知っているかもしれない。

伊織はメッセージアプリを開いた。

イオリ：おいっすー　シーラはゆうずどって知ってる??

メッセージを送ると同時に、一階から母が呼ぶ声がした。晩ご飯らしい。もうそんな時間か。見ると、いつの間にか夜の七時を回っている。

「伊織ー！　ご飯だよー！」

今行く！　と負けないくらい大声を出して、部屋を出る。階段をドタドタと駆け下り、廊下を横切ってリビングに入る。扉を開けると、炊き立てのご飯の匂いがふわりと香った。

ダイニングテーブルの上には、二人分のホッケと味噌汁《みそしる》が並んでいる。

「もうちょっと静かに下りてきてよ。近所迷惑だから」

キッチンのカウンター越しに母が言った。

「大丈夫だよ、マンションじゃないんだから」

「戸建てだって響くんだからね。文句言われるのお母さんなんだから」

ブツブツ言う母をよそに、伊織の意識はすでにテレビに向いていた。ニュースから動画配信サービスに切り替える。少年が鬼と戦う流行《はやり》のアニメのオープニングが流れると、箸《はし》を摑《つか》んで白米を口に運んだ。

「お父さん、遅くなるって。出向先が忙しいみたいで」

「ふぅん」

「稼がなきゃだからねぇ。老体に鞭打《むちう》って、はぁ」

カウンターの向こうに見える母は洗い物をしていた。水道の音がうるさいので注意しようとすると、キッチンの照明の下、屈《かが》んだ彼女の頭頂部に白いものが目立っていた。伊織が黙っていると、

「――このアニメの声の人って、いくらもらえるのかな」

「……さぁ。そんなもらえないみたいだけどね」

「ほんとに？　だってこれ、すごい有名なアニメでしょ？　薬局行くとこのアニメのグッズいっぱいあるよ」

コラボ商品のことを言っているらしい。

「前にも言ったじゃん。声優の平均月収は十七万円くらいだって」

「ああそう、でもねぇ、今どきそれだけのお給料もらえるならいい方だよねぇ」

給料じゃなくてギャラだけど、言っても無駄なので黙っておく。

「この人たちもさ、きっと辛《つら》い下積み時代があったんだろうね。努力もなしに成功なんてあり得ないもん」

相槌《あいづち》も面倒になってきたので黙り込む。母はまだしゃべっている。

「そう言えば、お昼に薬局で吉岡《よしおか》ちゃんに会ったよ」

「え」伊織は、テレビ画面から視線を外した。「今なんて？」

「吉岡麻友《まゆ》ちゃん。ほら、いおちゃん、中学のとき仲良かったよね。すっかりキレイになってて、お母さんびっくりしちゃった」

懐かしい名前だった。中学のときに同じブラスバンド部だった女の子。楽器も同じチューバで、よく放課後に残って一緒に練習した。高校は別々になったけど、しばらくは連絡を取り合っていたことを思い出す。

「ねぇ、変なこと言ってないよね？」

「何？　変なことって」

母は首を傾げている。本気でわからないのか。伊織は、自分の声が苛立《いらだ》つのを自覚した。

「この家のことだよ」

「別に、いおちゃんのことは話してないよ。……その、ちょっと、今通ってる学校でうまくいってないってくらい……」

「話してるじゃん！」伊織は、立ち上がった。「信じられないんだけど！　何でそんなことペラペラ外で話すわけ？　陰口だよ！　母さんまで嫌がらせするの？」

「ご、ごめん、そんなつもりじゃ」

「母さんだけは味方だと思ってたのに！」

テーブルを叩《たた》くと、食器と同じように母の肩が跳ねた。カウンター越しに怯《おび》えた視線が向けられる。はっとして、伊織は目を伏せた。味噌汁がこぼれている。静まり返ったリビングに、少年の勇ましい声だけが響く。

その声にすら、責められているような気がした。

「ね、ねぇ、いおちゃん」母の声はびくびくとしている。「お母さんはね、いおちゃんのこと応援してるよ。でもお父さんが厳しくて。だから、学校行ってね。お金だって――」

「もういい」

伊織はそう言い捨てると、夕食を投げ出してリビングから出て行った。背後から「ごめん」「いおちゃん」と呼びかける声がしたけれど、無視して階段を上る。今度はさっきよりも大きな足音をたてて。

自室の扉を閉じても、一階からアニメの声は聞こえた。

それに混じって、すすり泣くような声も。

扉にもたれて息を吐く。……学校に行けなくなって、もう二か月近く経っている。クラスの人たちはもう、自分のことなんて忘れているだろう。仕方がなかった。両親には申し訳ないと思うけれど、合わなかったのだ。これぱっかりはどうしようもない。

ベッドに倒れ込む。スマートフォンを見ると、シーラから返信が届いていた。

シーラ：おすー　知ってるよ　都市伝説でしょ？　読んだら死ぬ本

彼女のアイコンは、ジャック・オー・ランタンやお化け、ミイラ男などがデザインされたネイルの写真だった。去年のハロウィンにやったものらしい。細くて長い指は女性としか思えない。ちなみに伊織のアイコンは、SNSと同じ、「ポケットモンスター」のゲームに出てくる「オカルトマニア」というキャラクターだ。

イオリ：やっぱり知ってた！　読んだことあるの？
シーラ：あるよ

えっ、と声が出た。

イオリ：あるの？　いつ？
シーラ：一年くらい前かな　めっちゃ元気だけどw
イオリ：結末は？　自分の名前になってた？

シーラ：ううん　何か作者の自分語り？　みたいなんで終わってた

伊織は、落胆した。所詮《しょせん》は都市伝説に過ぎないのか。……いや、オカ板でも呪われた人とそうでない人がいた。呪われるには条件があって、シーラはたまたま無事だっただけかもしれない。

イオリ：羨《うらや》ましい　あたしも読んでみたい、ってか呪われてみたい
シーラ：イオリのその「呪われたい」願望なんなのｗ
イオリ：だって、面白そうじゃない？ｗ
シーラ：んー、「鏡ジャンケン」「闇ドナー登録」はやってみた？
イオリ：うん　けど何もなかった……
シーラ：イオリはそっちの素質は全然ないねー
イオリ：。゜（゜´ε｀゜）゜。　シーラは？　そういうのやらないの？
シーラ：あたしはヤかなー　呪われてる人を観察したい気はするけど
イオリ：そっちのがヤバいってｗ
シーラ：ｗｗ
シーラ：でもさー、ゆうずどはたぶんもう見つかんないんじゃない？

シーラ：呪いがヤバくて角川が自主回収したらしいから　噂だけど
イオリ：え、ガチ？
　それが本当なら、いち企業が呪いの存在を認めて対策を取ったということだ。まぁ、まずあり得ないだろうけど……。
イオリ：じゃあシーラはどうやって読んだの？
シーラ：お父さんの知り合いが昔本屋やってて、倉庫に眠ってた新品もらったんだ
イオリ：いいなぁ　あたしも図書館とかで探してみる！
シーラ：貸してあげようか？
イオリ：え、いいの??
シーラ：うん　汚さないって約束できるなら、貸してあげるよ
イオリ：ホントに？　約束する！
「やった！」伊織はひとりガッツポーズをした。
　持つべきものはオカルトマニアの友人だ。そう思ったとき、

シーラ：代わりにイオリの写真ちょうだい

「……え？」

伊織は、画面をまじまじと眺めた。

イオリ：写真って、どんな？

シーラ：何でもいいよ　できれば全身写ってるのがいいけど

全身……。鼓動が速くなるのを感じる。どうしてそんなことを言うのだろう。

伊織は、シーラとつながる前に読んだ「ネット利用による児童ポルノ被害」という記事を思い出した。もしかしたらシーラも……いや、まだそうと決まったわけじゃない。

シーラ：イオリがどんな子か知りたくてさ　妹みたいな感じだし

イオリ：でも　さすがに写真は……

シーラ：顔は写ってなくていいよ？　けど今日の日付が入った紙持つとかして

シーラ：嫌なら別にくれなくてもいいけどゆうずどはなしね

シーラ：あと郵送するから住所も教えてもらうことになるけど
シーラ：どうする？

次々と送られてくるメッセージに、疑う気持ちはますます強くなる。でも、シーラがSNSにあげている写真は女子高生としか思えないし……。

……写真一枚くらいなら大丈夫だろう。

作業を終えて、写真を送付する。送ったのは、黒いシャツを着て、全身を上から撮った写真だった。割と胸の谷間が強調されている。シーラからは「結構スタイルいいね」と満足げな返事が届いた。

そして数日後に——『ゆうずど』が家に届いた。

三

2022年9月13日（火）

イオリ：ゆうずど届きました！　ありがとー♡
シーラ：どういたー　怪異が起きたら教えてね

シーラが貸してくれた『ゆうずど』は、二十年以上前の本とは思えないほど状態がよかった。見れば見るほど普通の本で、とても呪いの本には見えない。気になったのは、本の裏にあらすじがないことか。意味不明なタイトルと相まって、却《かえ》って中身が読みたくなる。早速本を開きかけて、ネットに書かれていたことを思い出した。

一行でも読めば呪われる——

見たときは笑えたのに、いざこうしてみると躊躇《ちゅうちょ》してしまう。今、家には伊織一人だけだ。もし読んだ瞬間、呪いが、怪異が襲ってきたら——そんなことはないと頭の片隅でわかっているのに、ドキドキしてしまう。

意を決して、本を開いた。

はじめに序章があった。呪いの本——『ゆうずど』に取り憑《つ》かれてしまった男性の話だ。つかみというやつだろう。どうやら、この本は「呪いの人形」よろしく何度捨てても手許《てもと》に戻ってくるらしい。

さて、重要なのは結末だ。これで、自分が呪われたかどうかがわかる。ひいては、『ゆうずど』が本物かどうかが。

本の最後らへんに親指を挿し込んで——そのとき、玄関から扉が開く音がした。

母がパートから帰るにはまだ早い。固まっていると、リビングの扉を開けて父が入ってきた。よれたスーツに包まれた痩身《そうしん》。ネクタイを緩めた襟元にくすんだ肌が覗《のぞ》いている。

彼は伊織を見ると、眉《まゆ》をひそめた。

「お、おかえり」

仕事はどうしたんだ――そんな疑問が顔に出ていたのだろう。父は低い声で、

「午後から休んだんだ。最近疲れてるから」

言いながら、キッチンの冷蔵庫から缶ビールを取り出す。「何してんの」

「……本、が届いて」

「ふーん。どんな？」

プシュッと音がした。缶ビールを口につけながら近づいてくる。伊織は、仕方なく本を手渡した。父は興味なげに本のページをパラパラとめくり、

「……趣味もいいけど、そろそろこれからどうしようか考えてくれよ。学校、行ってないんだって？」

「う、うん。……何か、合わなくて」

「子供じゃないんだ。自分が周りに合わせるってことも覚えていかないと」

「でも……」

「義務教育じゃないんだぞ。高い金払って通わせてるんだ。どうしてそんなに身勝手

に振る舞える？　え？」

　早くも酔いが回ったのか、父の目は据わっていた。幼い頃からその目が怖かった。

黙り込んでいると、父は缶ビールを呷《あお》り、大げさな溜《た》め息を吐く。

「この本は預かるから」

「えっ？」

「これからどうするか考えて、決まったら教えろ。そしたら返す。明日《あした》からちゃんと
学校に通うなり、さっさと辞めて働くなり……な」

「ダ――ダメだって。その本だけは返して。それは、友達に借りたもので」

　すると父は、きょとんとした顔で、

「お前に友達なんていないだろ？」

　そう言うと、本を片手に持ったままリビングを出ていく。

　そのとき、伊織は見た。

　リビングの扉を出てすぐの階段。それを上っていく父の背中。その手。

『ゆうずど』の本から――黒い髪の毛がはみ出していた。

　絶句する。毛は父の脚よりも長く、先の方は階段に着いていた。だけど、父が気づ
いている様子はない。伊織は我が目を疑った。見間違い。幻覚。そのどちらでもない。

あんなにはっきりと見えている。

父の足音に遅れて、髪の毛が階段を撫《な》でる「さぁっ」という音が微《かす》かにした。

やがて回り階段の途中で、父の姿は見えなくなる。

けれど——さぁっ、さぁっ、と毛が階段を撫でる音は、その後も聞こえた。


伊織はすぐに、ついさっき見たものについてシーラに報告した。

シーラ：え、どゆこと　呪われたってコト？　すごいじゃん
シーラ：あたしには何も起きなかったのに
シーラ：イオリは特別ゆうずどと相性がよかったのかな？

特別——その言葉に、胸が躍った。

そうだ。自分は特別なんだ。だから、『ゆうずど』の存在を感知できた。シーラにすら出来なかったことが。

幼い頃からずっと求めていた怪異を、ようやく感じることが出来た。

もっと、もっと強烈な恐怖体験がしたい。もっと特別になりたい。

そう考える自分を、伊織は止めることが出来なかった。

用意するものは——ぬいぐるみ、米、赤い糸と縫い針、コップ一杯の塩水と、包丁。

その日の真夜中。午前二時四十九分。伊織はスマートフォンの光を頼りに、いそいそと準備を進めていた。用意が終わると、SNSに新たに投稿する。

いおいお@ioiokaruto・2022年9月14日
今から「ひとりかくれんぼ」実行します。ちな『ゆうずど』に呪われた状態
動画は後日あげます

「ひとりかくれんぼ」は以前にもやったことがあるから、準備には手間取らなかった。

まず、ぬいぐるみに名前を付ける。伊織は、ウサギのぬいぐるみを掴《つか》んだ。黒点の両目と×印の口。ずっとクローゼットの中に眠っていたもので、少し黴臭《かびくさ》い匂いがする。昔はよく一緒に遊んでいて、名前をつけていたはずだけど、今となっては思い出せない。

「きみの名前は——〈ゆうずど〉、ね」

そう言うと、伊織は、ウサギの腹に逆手に握った包丁を突き刺した。手前に引くと、フェルト生地がブチブチと音をたてる。中から白い綿が覗く。スマートフォンの灯《あか》りに浮かぶウサギ――〈ゆうずど〉の表情は、心なしか苦痛に悶《もだ》えているように見えた。伊織は、暗い興奮が湧き上がってくるのを自覚した。裏声を出して、「やめて、やめて」と〈ゆうずど〉の声をあてる。我ながらなかなかの演技だ。

次に、綿を全部抜いて米を詰める。加えて、髪の毛を数本。切った爪を入れるのがスタンダードだけど、こっちの方がリスクが増すという。それから、赤い糸で傷口を縫う。

残った糸で〈ゆうずど〉の全身を巻けば、下準備は完了だ。

その写真をSNSに投稿する。

いおいお@ioiokaruto・2022年9月14日
下準備終わり。午前三時になったら始めるね
隣で親が寝てるけど……まぁ、だいじょーぶか！

「最初は伊織が鬼ね。最初は伊織が鬼ね。最初は伊織が鬼ね……」

午前三時きっかりに、伊織は〈ゆうずど〉に向かってつぶやいた。これも「ひとり

かくれんぼ」のルールだ。そして〈ゆうずど〉と包丁を持ち、忍び足で一階の風呂場《ふろば》に向かう。

隣の主寝室には両親が寝ていた。本来は、自分以外が家にいてはならない。呪いに巻き込まれてしまうからだ。でも、午前三時にやると決まっているので、仕方ない。

電気の消えた浴室に入り、あらかじめ水を張っておいた浴槽に〈ゆうずど〉を入れる。〈ゆうずど〉は細かい気泡を出しながら底に沈んでいった。

シャッター式の浴槽の蓋《ふた》を閉じると同時に、スマートフォンが震えた。

てう治郎@おかると研究会@love_and_resistance・2022年9月14日
遊び半分なら今すぐやめてください。『ゆうずど』と「ひとりかくれんぼ」の組合せなんて最悪です。呪いが互いに強化し合ってとんでもないことになって下手すりゃ死ぬ。素人は手を出さない方がいい

くすくすと笑った。素人とは、誰に言ってるのだろう。

真っ暗な廊下を渡ると、ぎし……と音が鳴った。いつもなら気に留めない音も、呪いの儀式の最中ともなれば怖気《おぞけ》を誘う。

リビングに入るとテレビを点《つ》けた。それから、動画サイトを開いて砂嵐を流す。十

秒間目を閉じると、包丁とまな板を持って浴室に戻る。浴槽の蓋を開けると、〈ゆうずど〉はちゃんと沈んでいた。取り出すと、水をたっぷりと吸った中身が米のぬいぐるみはびしゃびしゃと水を滴らせる。こぼれた米粒が浴槽に浮いていた。

「——〈ゆうずど〉、見つけた」

伊織は脱衣所でまな板の上に〈ゆうずど〉を載せると、また包丁を突き立てた。

再び暗い衝動に身を委《ゆだ》ねる。突き刺すたびに、これまで自分を馬鹿にした人間の顔が浮かんだ。高橋《たかはし》、森川《もりかわ》、坂巻《さかまき》、伊藤《いとう》——刃《やいば》が生地を破り、ざくざくと米を突き刺す感触は、まるで本当に人間を刺しているかのようだった。

手を止めて、憐《あわ》れなウサギを見下ろす。米が辺りに散らばっている。荒い息のまま、伊織は低い声で言った。

「次は……〈ゆうずど〉が鬼ね」

ぬいぐるみをそのままにして、二階の自室に戻る。クローゼットに隠れると、膝《ひざ》を抱えて息を潜めた。隣の収納ボックスの上には、ガラスのコップに入った塩水がある。「ひとりかくれんぼ」を無事に終わらせるために必要なアイテムだ。

観音開きの扉をわずかに開けて、真っ暗な部屋の様子を窺《うかが》う。——自分の息が荒い。心臓はバクバクと鳴っている。あらかじめクローゼットに入れておいたデジタルビデオカメラで撮影を始める。これで準備は万端だ。

いおいお@ioiokaruto・2022年9月14日
隠れるところまでいきました。クローゼットにいます
何か起きるかなぁ……わくわく

徳永のりしお・映画批評家@screen_or_scream・2022年9月14日
ガキが夜中に何やってんだか。心霊スポットに凸する動画配信者並みに害悪だな

いおいお@ioiokaruto・2022年9月14日
自宅で何しようが勝手ですよね。っていうか、大の大人が夜中にやることがSNSで女子高生にウザ絡みですか？　ブロックするので答えなくて結構ですよ～（*˘︶˘）<

そのとき、とん……とん……と階段を上る足音が聞こえた。
心臓が大きく鳴った。両親は隣の部屋で寝ているはずだ。これは誰の足音だ。
とん……とん……
足音はゆっくりだが、確実に近づいている。
恐怖と同時に湧き上がってくるのは、喜びだ。今まさに怪異に遭遇している。ずっ

と待ち望んでいたものが、こんなにも簡単に手に入った。本を読んだだけで。

『ゆうずど』は本物だ。本物の呪いの本だ。

足音が止まった。まさか、ここまできて消えてしまったのか――と思った矢先、扉の隙間に見える景色に、黒い人影がすっと現れた。伊織は、手を口に当てた。

闇に慣れた目に、その姿はぼんやりとだが浮かび上がった。――窓から吹く風に靡《なび》く髪。膨れた胴体と対照的に痩《や》せ細った脚。カサ……カサ……と落ち葉が擦《す》れ合うような音と、古い本のような黴《かび》の匂い――

ゆうずどだ。本に宿った怪異の姿。ネットで書かれていたとおりだ。

心臓が早鐘を打つ。興奮のせいで荒くなる呼吸音を必死に抑える。瞬《まばた》きも忘れてその光景に見入る。――ゆうずどは動かない。


「――イ、オ、ちゃん」


聞こえてきたのは、母の声だった。

けれど、すぐに母のものではないとわかった。

「イオ、ちゃん。――どこ、に、いるの？」

声そのものは母と酷似している。でも違う。ずっと聞いてきたからこそわかる。

まるでそれは、合成音声で母の声を作ったかのような——

「イオちゃ、ん。どこに、い、るの？　出てき、て」

ぞっとした。——ゆうずどだ。あれが、母の声を真似て自分を探しているのだ。

「ひとりかくれんぼ」のルールに則《のっと》って。

震える手で、伊織はスマートフォンを操作した。

いおいお@ioiokaruto・2022年9月14日
やばい　ゆうずどがでた
さがされてる

カフェラテ貴族@subarashikisekai・2022年9月14日
ＦＦ外から失礼します。私は某国立大の大学院で「なぜ人は嘘をつくのか」を研究している者ですが、この一時間以内の発言はどういった意図をお持ちでしょうか。察するに他者から注目されたいという歪《ゆが》んだ願望をお持ちのようですが……笑

海辺のバチェラー@bluerose・2022年9月14日
こんばんはー。やばいことやってますね（汗）

よかったら心霊写真が見たいので、自撮りあげれます？　露出多めでおなしゃす！

クソリプに言い返す余裕もない。ゆうずどは依然としてそこにいる。
ポケットに仕舞おうとして、またスマートフォンがブブッと震えた。今度は何だ。

反射的に画面を見る。

ゆ・j＊ヴぁmぐ■あg@んるk。g・2022年9月14日
イオリ　ミツケタ

その瞬間、黴の匂いがいっそう濃くなった。
顔を上げると――扉の隙間に、白い紙が見えた。黒い髪が垂れ下がっている。
その奥から、クローゼットの中の自分を見る視線を感じる。

「マ、キノ」

すると、合成したような声が聞こえてきた。

「マキノ、イ、オリは、」


名前を呼ばれた。

途端に、恐怖が伊織の中で膨れ上がった。


「暗い、部屋、で、狂気——」


伊織は、咄嗟《とっさ》に耳を塞《ふさ》いだ。なぜかはわからないが、ゆうずどの言葉を、これ以上聞いてはいけない気がしたのだ。黒い影が、扉の隙間にねじ込まれる。手だ。ミイラのように長く筋張った指が、エイリアンのように蠢《うごめ》いて、顔に近づいてくる。塩水を飲んだのは、咄嗟の判断だった。そして、目の前に迫る手に吹きかける。手は止まった。目を閉じ、伊織は、空になった口で叫ぶ。

「わ——私の勝ち！　私の勝ち！　私の勝ち！」

「うるさい！」

家じゅうに響いたのは、父の怒鳴り声だった。扉が開く音がしたかと思うと、伊織の部屋の扉が激しく叩《たた》かれ始めた。

「伊織！　何時だと思ってるんだ！　真夜中に——な、何だ、お前？」

怒声は、戸惑いの声に変わった。見ると、ついさっきまで目の前にいたはずのゆうずがいなくなっている。

「何だお前。い、伊織、か？　何してるんだ？」

「マキ、ノマサヒコ、は」

「おい……何だ。近づくな。おいって」

「暗闇に揺、れる水面を、見つめた」

「やめろ。来るな。お前、い、伊織じゃな、う、うわぁ！」

次の瞬間、今度は絶叫が我が家に響いた。

伊織はクローゼットから飛び出ると、部屋からも転がり出た。ほぼ同時に、母も部屋から出てくる。寝ぼけ眼《まなこ》だが、その顔にははっきりと困惑が浮かんでいた。

二階に父の姿はない。伊織は、激しい音をたてるのも気にせず一階へ下りた。電気が消えたリビングで、隅にあるテレビがまだ砂嵐を流している。壁にあるスイッチで灯《あか》りを点《つ》ける。父はいない。いったいどこに行ったのだろう。

リビングを出ると、玄関近くのトイレの扉を開けた。——いない。辺りを見回す。

玄関にも廊下にも見当たらない。その瞬間、ゆうずどの言葉を思い出す。

マキノマサヒコは、暗闇に揺れる水面を見つめた――

まさか、と思ったときには走り出していた。脱衣所の扉を開けて、電気のスイッチを入れる。洗濯機のそばには、無残な姿となったウサギのぬいぐるみが横たわってい

る――はずだった。

そこには、まな板と包丁、そして散らばった米粒があるだけだ。

開きっぱなしの浴室の扉。そこから、浴槽が見えた。蓋《ふた》が閉まっている。ぬいぐるみを取り出した後、蓋は閉めなかったはずだ。まさか……。

鼓動が速くなる。伊織は、蓋の端を摑《つか》むと、ゆっくりと開いていった。

するとすぐに、海草のように揺れる黒いものが見えた。

ああ――伊織は泣きそうになる。蓋を持つ手が震える。

半分ほど開けたところで、膝《ひざ》から崩れ落ちた。

浴槽に張った水の中で、父は胎児のように丸まって沈んでいた。

顔だけはこっちを向いていた。見開いた目と、半開きの口――まるで、かくれんぼで見つかったときのような表情。顔色は、魚の腹のように真っ白になっている。水に浮いている米粒は、死体に湧いた蛆虫《うじむし》にも見える。

そばには、ウサギのぬいぐるみが沈んでいた。

言葉を失う伊織の横で、遅れてやってきた母が、慟哭《どうこく》した。

四

死因は、溺水《できすい》による窒息死——そう判断された。

風呂《ふろ》場で溺死するのは珍しいことじゃない。やってきた警察官がそう言っていた。けれど、父は酔っ払っていたわけでも、入浴していたわけでもない。寝間着姿で、冷たい水の中に沈んでいたのだ。警察は伊織のことも疑ってはいたようだが、他殺だとしても辻褄《つじつま》が合わない点が多かったのだろう。結局、父の死は「衝動的な自殺」として片付けられた。それが一番、誰にとっても手間がかからない結末だった。

伊織だけが知っていた。父の死の真相を。

事故でも自殺でもない。父を死に追いやったのは——『ゆうずど』の呪いだ。

父に本を渡したとき、パラパラと流し読みしていた。あのとき、きっと父も呪われたんだ。その証拠に、父にはゆうずどの姿が見えていた。

父は、ゆうずどから与えられた結末に導かれたのだ。マキノマサヒコは、暗闇に揺れる水面を見つめた——あの一文から始まる悲劇の結末に。

ふと思う。——あのとき、本当は自分が先にゆうずどに襲われるはずだったのではないだろうか。本を読んだのは、父よりも自分が先だったからだ。

そして、助かった理由は、あの場では「ひとりかくれんぼ」のルールが適用されたからだろう。「ひとりかくれんぼ」を安全に終わらせるためのアイテムである塩水のおかげで、自分は紙一重のところで助かったのだ。

代わりに、父が死んでしまった。

けれど、呪いから完全に逃れられたわけではないらしい。

そのことは、父が死んだ翌朝に、机にあった『ゆうずど』を見て察した。確かめたが、母が置いたわけでもないらしい。

恐らくこの本は、呪いの標的となった人間の許へやってくるのだ。

そのことを証明するかのように、父の葬式のとき、ゆうずどが現れた。

読経するお坊さんの横に、奴はいつの間にか立っていた。

息を吞《の》んだ。周りを見回しても、伊織の他に気づいている人はいないようだった。

隣に座る母に「お願いだから大人しくしてて」と言われたが、とても冷静ではいられなかった。

ゆうずどは、全身に鱗《うろこ》のような白い紙を纏《まと》っていた。髪はぼさぼさで長く、腐ったような肌の色。立っているのが不思議なくらい痩《や》せた脚をずり……ずり……と動かして、奴は参列席に近づいてきた。

「……マ、キノ、イオリは――」

伊織は、悲鳴をあげて逃げ出した。
奴は自分に、結末を伝えようとしている。
聞いてはいけない、と思った。
聞けば、きっとそのとおりの結末が訪れる。
父のように、残酷な死が――

呪いを解く方法を探さなければならない。
告別式を終えた伊織は、数日ぶりにSNSに投稿した。

いおいお@ioiokaruto・2022年9月16日
先日、『ゆうずど』を読んだ状態で「ひとりかくれんぼ」を実行しました。結果、自分は無事でしたが、父は呪い殺されてしまいました。もうすぐ自分も呪い殺されます
どなたか『ゆうずど』の呪いを解く方法を知ってたら教えてください

メッセージはぽつぽつと届いた。しかし、伊織の軽率な行動を非難するか、嘘つき呼ばわりするものばかりで、肝心の『ゆうずど』の呪いへの対抗策は一向に集まらない。

翌日には、大量の通知が届くようになった。

どうやら、まとめサイトに記事にされたらしい。

【悲報】オカルトマニアＪＫさん、呪いで父親を殺してしまうｗｗｗ

記事には、伊織の一連の投稿のスクリーンショットが何の断りもなく掲載されていた。

それに集《たか》まるような、ネットユーザーの書き込みの一部がまとめられている。

06:名無しさん@想い出がいっぱい　2022/09/17(土)/01:04:43　ID:5f9eostf0

Z世代ってこんなのばっかかだな

21:名無しさん@想い出がいっぱい　2022/09/17(土)/01:08:45　ID:gi3npofv0

な？　アニメアイコンだろ？

34：名無しさん@想い出がいっぱい　2022/09/17(土)/01:13:56　ID:qsgfnrx60

娘に呪い殺されたお父さんカワイソス

61：名無しさん@想い出がいっぱい　2022/09/17(土)/01:17:51　ID:rktzcwou0

こいつの投稿見たけど相当こじらせたオタクだよ　自己愛性なんとかだね

98：名無しさん@想い出がいっぱい　2022/09/17(土)/01:22:17　ID:hg565wir0

実は本人が承認欲求オバケだったというオチ

そこには、容赦ない罵詈《ばり》雑言《ぞうごん》が並んでいた。元スレを覗《のぞ》いてみるとまだ続いている。昨日の投稿だけでなく、伊織のこれまでの投稿まで取り上げられて叩《たた》かれている。見たくないのに、見ずにはいられなかった。

嘘なんてついてないのに。

ついていたとして、この人たちには何の関係もないのに。

掲示板に書かれていることと同じようなメッセージがＳＮＳで届くようになり、アカウントは削除するしかなかった。机に両肘《りょうひじ》をついて頭を抱える。……どうすればいい？

どうすれば、『ゆうずど』の呪いは解ける？

……そうだ。あの動画の後、シリョウはどうなったのだろう。

もし彼が呪いを解く方法を見つけていたのなら、それを真似すればいい。

伊織は、机のパソコンを起動させて、あの後アップされた動画を探した。それはすぐに見つかった。

いつもと違うシンプルなタイトル。サムネイルには、自室と思われる部屋で立つ、黒いティーシャツ姿の彼が映っていた。

＊　　＊　　＊

【最後の配信です】

……はい、シリョウです。

今日で最後の配信になるかと思います。

「怨怨《おんおん》！」「怨怨」「怨怨」「あれ？」「怨怨～！」「やらないの？」「何か元気なくね」「怨怨！」「てゆうか痩せた？」「怨怨」「ガリガリやん」「おんおーん！」「顔色悪すぎて草なんだ」「おんおん」「何があったの？」「誰その女？」「この間の心霊スポット？」「怨怨」「役作りなら大したもんだ」「怨怨」「おぉん！　おぉん！」「ほんとにシリョウ？」

えー……はい、もうほんと、やらかしました。ごめんなさい。

たぶん自分、あとちょっとで死ぬと思います。何でかって言うと、本の栞《しおり》がほとんど結末まで来てるからです。餓死だそうです。山の中で。

「何言ってんだ？」「怨怨」「薬でもやってんのか」「演技だとしたらしゅごい」「餓死？」「どゆこと？」「なにいってだこいつ」「っていう設定だろ」「こわい」「最近再生数減ってたからなー」「テコ入れですか」「山は食べ物豊富なんだぞこれだから素人は」「何かキモ」

ゆうずどは本に挟まってる黒い栞で、死へのカウントダウンを表しているそうです。これ見てもらったらわかると思うんですけど、もう最後のページで。う、はい。

あの日からずっと、紙まみれの化け物にまとわりつかれてます。う。

今もずっと囁《ささや》かれてます。山で死ぬって。耳元で。

神社とかお寺に行ってもダメでした。う。もうダメっぽいです。うう。ひ。

「マジで何言ってんの」「栞なんてなくない？」「栞ある？」「おい泣き始めたぞ」「中学のときこんな女子いたわ」「そんなに再生回数稼ぎたいわけ？」「マジ泣きやん」「遺書？」「ゆうずどはヤバいってあれほど」「マジなの？」「コメントずっと無視してて怖い」

自分、恋人も家族もいないんで、悲しむ人はいないです。それだけが救いだったかも。

でも、う、こんな、ひ、馬鹿なことして死ぬって思ってもなかった。普通に幸せになって、普通の理由で死にたかったな。うう、も、ううう……っ。

――何で、何で！　お前らの見世物になって、こんな呪いもらって死ななきゃいけないんだよ！　ふざけんなよ！　画面の向こうで！　安全圏から楽しみやがって！　お前らが悪いだろ！　お前らが死ねよ！

……死ね。これ見てる奴も死ね。これがゆうずど。ほら、これ見て呪われろ。

はい、呪われたから。お前らも死ぬから。ざまぁ。ざまあああ！　ああっ！

「こいつマジでヤバいだろ」「お薬増やしておきますねー」「むしろヤクを取り上げろ」「何これワロタｗｗ」「こわい」「狂人って初めて見た」「動画配信者って素敵な職業ですね」「倒れたぞ」「呪われたじゃんどうしてくれるの」「画面越しじゃあ呪われないんだよなぁ」「あ、倒れた」「倒れた」

……。

………。

…………。

じゃあ、山に行ってきます。さようなら。

＊　　＊　　＊

これで終わりだった。

最新で——最後の動画だった。

伊織はショックで動けなかった。

シリョウの後ろに、ずっとゆうずどが立っていたのだ。最初から最後まで。

動画に映るゆうずどは、画面越しにこっちを見ているような気がした。

伊織は、机の端に置いてある『ゆうずど』を見た。シリョウの言うとおり、黒い栞が挟まっている。あんなものは本が届いたときにはなかった。父が挟んだとも思えない。

栞はすでに全ページの三分の二以上は進んでいる。

愕然《がくぜん》としていると、自動再生機能で次の動画が始まった。


【生配信】激ヤバ心霊スポットで呪いの本を検証してみた！【閲覧注意】


それは、伊織がゆうずどを知った動画だった。

はい、てことで場所は結構山の中でね。大きい道外れてから三十分くらい走ったかな？ 今はね、夕方の五時半ですんで、もうちょっとしたら暗くなるかな。

シリョウの声。林と夕暮れ前の空が映し出される。

ちょっとカメラ動かすと……はい、見えますか？　うん、がっつり閉鎖されてますね。反対側の方もダメだそうです。草ぼーぼー。思ったより小さいね。

カメラが下ろされて、トンネルの入口が映る。

伸び切った雑草のそばに——ゆうずどが立っている。

うわデカい虫入ってきた、これ何？　ちょちょちょ……。ええと、うん、雰囲気はね、割と普通なんですけど、まだ九月なのに何となく空気がひんやりしてるのは山のせいですか皆さん？　え？　もう何か映ってる？　ヤバい？　退散した方がいい？

カメラに笑顔を向けるシリョウ。その肩越しに、トンネルと車の間に立つゆうずどの姿が映る。左右に揺れながら、脚を引き摺《ず》りながら——ゆっくりと近づいてきている。

違いますね。はい、こちら！

鬼多河りさ著『ゆうずど』を検証します！

シリョウが本を掲げて、ゆうずどはちょうどその後ろに隠れてしまう。

というわけでね、うん、そう！　心霊スポット×呪いの本ってことで、まぁまぁ雑談交じりに周辺探索しながら、何か面白いものが撮れることに期待しましょうってのが今日の企画でございますよ。

本が下ろされると、車のすぐそばまで近づいたゆうずどが映り、伊織は思わず声をあげた。地獄の亡者のような手が、運転席の窓からシリョウに迫ってくる。

違う。手は、カメラに向かって近づいてきている。

そのとき、スピーカーから、あの機械的な声が聞こえた。

「……マキノ、イオリは――」

伊織は、慌ててパソコンの電源を落とした。

真っ暗になった画面に、引き攣《つ》った表情の自分が映っている。

……ダメだ。このままだと死ぬ。呪い殺される。

もう一人じゃどうにもできない。母に全てを打ち明けて、霊媒師のところに連れて行ってもらおう。

急いで一階に下りると、母はダイニングテーブルでうつむいていた。

「母さん、実は」

対面に座ると、彼女の前に缶ビールが置かれていることに気づいた。普段はお酒なんて飲まないのに。

「か……母さん？　大丈夫？　疲れてる？」

すると、母はぎょろりと伊織を睨《にら》んだ。

「あんたが何っにもしないからね」

聞いたこともない低い声に、伊織は面食らった。

「な、何にもって……」

「お葬式のことも、役所の手続きのことも、何にも手伝いもしないで。本当、いつまで子供気分なの？　どうするのこれから？　お父さんも死んじゃって」

そんなことわからない。母が考えてほしい。いや、今はそんなことよりも。

「母さん、聞いて。大事な話が――」

「あんたの話なんて聞きたくない！」

缶ビールが投げつけられて、伊織の肩に当たった。缶は床に落ちて、泡が混じった液体がフローリングにこぼれ出る。慌てて拾うと、母はテーブルに突っ伏していた。

「夢を追うのは……晴らしいって言ったけど、あ……たはただ、何かを……ている気になり……ったただけ。自分が特別……って思いた……ただけ……」

ブツブツとしゃべっている。母が変だ。父が死んだせいでおかしくなっているのだ。

「……十六歳にもなって、本……に情けない。あんたが……ねばよかったのに」

最後の言葉に、伊織は頭が真っ白になる。

母が言ったのだ。——あんたが死ねばよかったのに、と。

父と違って、いつも自分の味方だった、母が。

呆然《ぼうぜん》としていると、寝息が聞こえてきた。眠ってしまったのだ。今のも寝言だったのだろうか。母の本心ではないのだろうか。

いや——わかっていた。伊織はふらりと立ち上がると、階段を上り、自分の部屋に入った。放心状態のままベッドに座り込む。

父の死とは別のショックが、頭の奥を痺《しび》れさせていた。

……落ち着け。母は我を失っているだけだ。我が子に本気で死んでほしいと思う親などいるはずがない。自分は、牧野伊織は生きていていいんだ。存在していいんだ。

……そう言ってくれる存在は、母以外いなかったのに。

いや、待て。まだいるじゃないか。

自分を肯定してくれる人が。愉悦を共有できる仲間が。

そして、彼女こそが自分を救ってくれるかもしれない。

イオリ：ごめん　ゆうずどだめだ　呪いを解く方法教えて

しかし、返って来たメッセージは、にべもなかった。

シーラ：今更何言ってんの笑　ないよ

——ない？　そんなはずない。映画やアニメでは、解決法が必ず用意されている。

シーラ：ないよ　ゆうずどの呪いを解く方法は見つかってない

眩暈《めまい》がして、ベッドに手を突く。自分が何をしたのかようやく理解する。
『ゆうずど』はとんでもない呪いの本だ。関わっちゃいけなかった。
だけど、もう遅い。もうすぐ自分は死ぬ。『ゆうずど』の結末を迎える。
どんな結末なのか、伊織はまだ確かめることができずにいた。

イオリ：父親が呪い殺された　このままだと死ぬ　おねがいだから助けて
シーラ：そう言われても
イオリ：シーラは責任とか感じないの？
シーラ：何で？　あたし貸しただけだし

無責任なシーラの態度に、恐怖と同量の怒りが湧いてくる。

イオリ：こんなに危険なら借りなかった　説明が足りなかったせい
シーラ：呪われたかったんでしょ？　本望じゃん
イオリ：友達が死にそうなのに見捨てるわけ？
シーラ：友達？　所詮《しょせん》ネットのつながりでしょ？

その言葉に、伊織は愕然《がくぜん》とした。

シーラ：あたしがどんな顔でどんな人間かも知らないくせに
シーラ：もしかしたら女子高生じゃないかもよ　女でもないかも
シーラ：それどころか　人間でもなかったりして

こいつは、何を言っているんだ。
スマートフォンを持つ手が汗ばんでいく。

イオリ：何言ってんの冗談はやめて
シーラ：マキノイオリは　心臓麻痺《まひ》で死ぬ

「……は？」
突如送られてきた文章に、伊織は一瞬思考が止まった。

イオリ：何？　どうしたの？
シーラ：マキノイオリは　心臓麻痺で死ぬ
イオリ：意味わからん　何言ってんの
シーラ：マキノイオリは　心臓麻痺で死ぬ
イオリ：ねぇ　なんで
シーラ：マキノイオリは　心臓麻痺で死ぬ

「やめろ!」

伊織は、スマートフォンを放り出した。

それはフローリングの上で転がり、扉に当たって止まった。

理解が追いつかない。どういうことだ。……心臓麻痺? それが自分の結末なのか?

確かめるには、本を読めばいい。机にある『ゆうずど』に手を伸ばそうとして——

やはりできない。怖い。読めばきっとそのとおりになる。いや、読まなくても……。

だが、どうして、シーラが自分の結末を知っているのか。

まさか——シーラは、ゆうずどだったのか。

いや、ゆうずどはあの紙まみれの化け物のことだ。シーラは違う。

ならば、こいつは何だ。自分はずっと、誰とやり取りをしていた? よく考えたら、

自分はこの女のことを何も知らない。いや、シーラの言うとおり、女かどうかすらも。

そして次の瞬間——頭に閃光《せんこう》が走った。

そうか。こいつだ。こいつが自分に呪いをかけたんだ。

思えば、こいつは『ゆうずど』を貸すことにやけに積極的だった。あれは、伊織に

呪いをかけたかったからだ。そのときを虎視《こし》眈々《たんたん》と待ち構えていたのだ。

なぜそんなことをするのか? その疑問に、奴はすでに答えている。

シーラ：あたしはヤかなー　呪われてる人を観察したい気はするけど

……自分は、こいつの楽しみのために呪われたのだ。

閃《ひらめ》きは、次の閃きを呼んだ。奴の名前はシーラ。ローマ字にすると、「ＳＩＲＡ」。

これは、並べ替えると「ＲＩＳＡ」になるではないか。

『ゆうずど』の作者――鬼多河りさの名前と同じだ。

伊織は、ベッドに座ったまま動けなかった。代わりに、頭の中はフル稼働している。

脳髄から搾り出したような汗がだらだらと身体じゅうを伝う。

作者が自殺したというのは、都市伝説だったんだ。シーラこそが、鬼多河りさ。「呪いの本」を作り、こうしてＳＮＳで呪いをかける相手を探しているんだ。

……それなら、やるべきことは自《おの》ずと見えてくる。

生き残るために。呪いを解くために。

あらゆるエンターテイメントでセオリーになっている解決法。

たった一つのシンプルなやり方。

呪いは――呪いをかけた術者を叩けば解ける。

笑みが浮かんだ。心の底からの笑いだった。

……やはり自分は主人公だ。特別だ。

なぜなら、それを実行に移すために必要な情報も、すでに手に入れているのだから。

五

2022年9月17日（土）

――玄関から扉が開く音がした。母がパートから帰ってきたらしい。

白川渚《しらかわなぎさ》はベッドに寝転がったまま、最近買ったホラー小説のページをめくった。一階の廊下を歩く音がする。壁掛け時計を見ると、午後六時過ぎ。今日はやけに早いなと思ったけど、早上がりでもしたのだろう。父はゴルフ仲間との飲み会なので、もっと遅いはずだ。

「おかえりぃ」

返事はなかった。目線を本に戻すと、枕元でブブッとスマートフォンが震えた。高校のクラスメイトの、平井《ひらい》小奈美《こなみ》からだ。

こなみ：なぎさま〜　明日《あした》ひま？　服買いにいくの付き合って

なぎさ：いいよー　来週だっけ？　佐山《さやま》くんとのデート
こなみ：うん　なぎさ人の服見立てるの得意でしょ？
なぎさ：おけー全部ワイに任しい♡
こなみ：あじゃーす　今何してたん〜？
なぎさ：ホラー小説読んでた笑
こなみ：好きすぎでしょ笑　今度みんなでなぎさまおすすめホラーみよー
なぎさ：みるみる笑　ヤバいの持っていくね♡

　無表情で文字を打ち込むと、渚はスマートフォンを放り出した。本に視線を戻そうとして――開いたままの本を胸に置いて、白い天井を見る。

　そう言えば、イオリから返事がこなくなったな、と思う。もしかしたら、さっき送った冗談に本気で怒ったのかもしれない。だけど、あれは向こうだって悪い。『ゆうずど』に呪われたなんて嘘をついて、しかも、それをこっちのせいにして。

『ゆうずど』は完全なガセネタだ。結末まで読んだけれど、ネットで言われているような「紙まみれの化け物」も「黒い栞」も見えなかった。「読んだ人間の最期が描かれている」という結末部分も、作者の意味不明な独白が書かれていただけ。ひどくガッカリしたのを憶えている。

最近『ゆうずど』を取り上げた動画も見たけれど、何にも面白いものは映っていなかった上に、配信者がおかしくなって終わるというお粗末な結末だった。

イオリは「本から髪の毛が出ていた」「父が呪い殺された」とか言っていたけれど、どうせ嘘だ。彼女がそういう人間であることは、メッセージのやり取りで何となくわかった。——自分大好きで、かまってちゃんで、だけど傷つきやすい。

きっと、ホラーが好きというのも、「普通の人と感覚が違うワタシ」に酔うためなのだろう。ちょっと懲らしめてやるだけのつもりだったが、効果は絶大だったようだ。

写真で見たイオリが慌てふためく姿を想像して、渚はクスクスと笑った。

何となくホラーの気分でなくなってしまったので、本を閉じてスマートフォンを弄《いじ》る。SNSにログインすると、小奈美に似合いそうな服を探し始める。

ふと、ある画像が目に留まった。

女の子が上からの角度で撮った自撮り写真。黒いシャツ。大きく開いた胸元。

イオリから送られてきたものと同じ写真——いや、イオリの写真だ。

彼女が本当に女子高生なのか、本を送っていい相手なのか、確かめるために送ってもらった写真だ。一瞬、彼女のアカウントを見つけたのかと思ったが、プロフィールには「大学一年生」と書いてある。それはまぁ、身分を偽っている可能性があるが、投稿内容の雰囲気などが違う。何より、このアカウントはホラーに一切触れていない。

これは、イオリではない。つまり――あの写真も、イオリではない。

眺めているうちに気づく。イオリから送られてきた写真では、その日の日付を書いた紙切れを持っていた。

だけど、この子は何も持っていない。

胸騒ぎがした。渚はイオリとのチャットを開いて、問題の写真を見る。

九月九日の日付が入った紙を持った、同じ写真。

だが、よく見れば指の周辺に奇妙なもやがあることに気づく。さらに目を凝らすと、微妙に解像度に違和感がある。これは――合成加工されたものだ。

どうしてこんなことを。……決まっている。本当の姿を教えられないからだ。

そのとき、階段を上る足音が聞こえた。

渚は身を起こした。……母の足音じゃない。父でもない。そして渚には他に家族はいない。

誰だ。思いがけないことに身体が動かなくなる。

ベッドの上で構えたまま、渚は閉じられた自室の扉を見つめた。

足音は部屋の前で止まった。荒い呼吸音が微《かす》かに聞こえる。

「だ……誰？」

堪《こら》え切れずに、渚は尋ねた。

ドアノブがゆっくりと下がる。

きぃ……と音をたてて、扉がじわじわと開いていく。

扉の向こうに立っていた人物を見て、渚は声にならない悲鳴をあげた。

そこには——長い髪を振り乱した、太った男が立っていた。

脂ぎった髪。獣のような荒い息遣い。

どういうつもりか、全身に白い紙を大量に纏っている。

その手に握られている出刃包丁が、夕陽を反射してギラリと光った。

六

部屋の中にいたのは、白のパーカーにショーパンを穿《は》いた女の子だった。

長い前髪の下で、俺は目を見開いた。てっきり、シーラは俺と同じく女子高生のふりをしているのだと思っていたのに。二十年前に発行された『ゆうずど』の作者なら、それなりの年齢であるはずだった。

しかし、目の前にいるのは、明らかに十代の女の子だ。

部屋を見回すと、白い本棚が目についた。そこには、黒い背表紙の本が何冊も並んでいる。──角川ホラー文庫だ。やはり、この子がシーラなんだ。だが、鬼多河りさではなかったらしい。

まぁいい。俺は包丁を握り直す。こいつが俺に呪いの本を渡したのは間違いないのだから。

そうだ。こいつが俺に呪いをかけた。

だから、こいつを殺せば──きっと呪いが解けるはずだ。

一歩近づくと、彼女は心底怯《おび》えた表情を浮かべた。

ここまでは全部が全部、俺に都合よく物事が進んでいた。玄関には鍵《かぎ》がかかっておらず、休日だというのにこの家には彼女以外いないようだ。その上、標的は叫び声すらあげられずにいる。

やっぱり俺は主人公だ。特別だ。

さらに近づく。ピンク色のラグを踏みつける。

シーラは酸欠の魚のように、桃色の唇をパクパクさせていた。今にも失禁しそうな表情に、俺はまたも暗い興奮を感じる。──いいぞ。もっと怯えろ。

でないと、わざわざゆうずどの恰好《かっこう》を真似してきた甲斐《かい》がない。

俺が感じた恐怖を、まるごとそのままお前に返してやる。

シーラは、ベッドから離れて逃げようとした。しかし、足がもつれたらしく、俺とベッドの間で転倒する。俺は彼女の髪を掴《つか》むと、ラグの上に押し倒した。そして、華《きゃ》奢《しゃ》な身体に馬乗りになる。

ようやく、彼女の口から悲鳴が出た。だが、もう遅かった。

これで呪いが解ける——

悪鬼退散、と叫ぶと、俺は包丁を振り下ろした。

*　*　*

10代女性を包丁でメッタ刺し
殺人容疑で30代の男を逮捕

17日午後六時頃、女性が自宅で男に刺されて死亡するという事件が発生した。

現場は、東京都[redacted]区[redacted]にある住宅街。被害者は都内の高校に通う10代の女性で、通報によって警察官が現場に駆けつけた際には、胸や腹部など20か所以上をメッタ刺しにされた状態で、すでに意識がなく、搬送先の病院で死亡した。

殺人容疑で逮捕されたのは、都内の声優専門学校に通う牧野伊織容疑者（36）。牧野容疑者は逮捕時、全身に大量の白い紙を貼り付けた状態で、調べに対して「女性に呪いをかけられていた。呪いを解くために殺す必要があった」という趣旨の供述をしているという——

第三章　藤野翔太

これは遺書です。僕は死にます。

死ぬ理由を、ちゃんと書きます。

五年二組の蓑原悠真《みのはらゆうま》たちから、いじめを受けたからです。

蓑原悠真と西野《にしの》宏太《こうた》、原山剛《はらやまつよし》は、僕と、親友の高橋陽斗《たかはしはると》に、暴力をふるいました。

それだけじゃなくて、物をうばわれたりもしました。苦労して当てた〈剣聖《けんせい》・ガルガンティス〉のレアカードもとられました。

あとは、女子トイレにとじこめられたり、女子のスカートをめくるように命令されたりしました。命令にしたがわなかったら、なぐられたり、けられたりしました。

先生や親には言うなと言われました。もしも言ったら、お前らの家を燃やしてやると言われました。人を殺しても、子どもだからつかまらないと言っていました。

だれも、助けてくれませんでした。担任の笹岡《ささおか》先生に、一回、蓑原にけられているところを見られたけど、何もしてくれませんでした。笹岡先生は、僕と陽斗に「いじめられるのはお前らが悪い」と言いました。

お母さん、お父さん。ごめんなさい。いじめられてるって、言えませんでした。

おねえちゃんが中学校でいじめられているって知ったとき、二人がとても悲しそうにしていたので、言えませんでした。

いじめられてごめんなさい。


辛《つら》かった。学校に行きたくなかった。

親友の高橋陽斗だけが、僕の味方で、救いでした。

陽斗がいなかったら、もっと早くに死んでいたと思います。

陽斗はちゃんと自殺を止めてくれたけど、もう無理だと思いました。


あと、ゆうずどという本は危険です。机の裏にある本です。

読んだらダメです。一ページも。一行も。

僕といっしょに燃やしてください。


みんなありがとう。さようなら。

曳沼《ひきぬま》小学校　五年二組　藤野《ふじの》　翔太《しょうた》

一

2009年9月1日（火）

「——夏休み明けが一番、子供の自殺が多いらしいよ」

僕がそう言うと、隣を歩く高橋陽斗がにやりと笑った。

「そっか。じゃあ、三人いっぺんに死んでも……怪しまれないかもな」

いつもの大人ぶった口調でそう言った。横顔には、汗が伝っている。暑さと緊張のせいだろう。そんなことを言っている僕も、さっきから脂汗がダラダラと流れて止まらない。

二学期の始業式が終わった帰り道——住宅街の通学路を、僕と陽斗は歩いていた。すぐ横には二車線の道路があって、トラックが砂埃《すなぼこり》をあげながら走っていった。夏休みが終わっても、降り注ぐ陽射しはちっとも変わらない。首の後ろをじりじりと焼かれながら、アスファルトの揺らめきを見つめる。

けれど、意識は背後にあった。

「……ついてきてる？」

陽斗が訊《き》いた。僕はチラリと後ろを振り返る。――いる。二十メートルほど後ろ。

蓑原悠真、西野宏太、原山剛――僕と陽斗をいじめている奴ら。

全員、にやにやと笑っている。絡んでこないのは、怯《おび》えている僕たちをああして遠くから眺めて楽しんでいるからだろう。

「あいつらも、笹岡《ささおか》みたいになるのかな？」

陽斗は、恐れと期待が入り混じった複雑な表情をした。笹岡は、僕と陽斗の担任の先生だった。今はもういない。

始業式の後の学年集会で、教頭先生が彼の死を告げたのだ。

体育館のあちこちから、驚きの声があがった。動じなかったのは、僕と陽斗だけだ。

僕たちは知っていた。笹岡が死んでいることを。

先生を殺したのは――僕たちだから。

「――おい、待てよ！　ネクラコンビ！」

横断歩道にさしかかったところで、ようやく声をかけられた。

蓑原悠真の大きな身体《からだ》は、両脇にいる西野と原山と比べたらレベルが違っていた。

肩幅がやたら広くて、身体は岩みたいにゴツゴツとしている。丸坊主の頭と黒目が小さい目は、交番の前に貼られている指名手配犯の写真みたいだ。身長は中学生くらいある。

蓑原は僕たちを見下ろすと、ガタガタの歯を見せて笑った。

「なぁ、チラチラ見てんじゃねぇぞ。そんなに俺らが怖いか？」

意地の悪い笑みを浮かべながら言う。陽斗は原山に胸の辺りを押されて、横断歩道によろけ出そうになっていた。僕が「やめろよ」と言うと、蓑原が僕の肩を小突いた。

「お前らが見てくるのが悪いんだろ？」

僕は黙った。絶対に向こうが悪いけど、反抗すればもっとひどい目に遭う。

だから耐える。ひたすら嵐が過ぎるのを待つ。

だけどそれは、弱虫のやることだ。

僕たちはもう違う。力を手に入れた。——誰だって呪い殺せる力を。


「夏休みはあんまり遊べなかったもんなぁ。今日からまたよろしく……な！」

語尾に合わせて、お尻《しり》を蹴《け》り上げられた。僕はもだえながら電柱に手を突く。しびれるような痛みの後には、それよりも耐え難いくやしさがやってくる。心は身体よりも反応が遅くて、だけど痛がりだ。

……もうすぐ終わる。そのために「あの本」を手に入れたのだ。

見ると、陽斗は両脇を西野と原山にはさまれていた。ヘラヘラした笑みを浮かべながら、亀みたいに首を縮めている。白い顔がみるみる青くなっていく。

「腹減ったなぁ。なぁ、何か奢《おご》ってくれよ。駄菓子屋でさ」

そう言って、蓑原はぐいっと僕と肩を組んだ。あごの先から汗がアスファルトに落ちる。汗と土の匂いが鼻につく。ほとんどヘッドロックされながら、僕は歯を食いしばって歩き出す。

……まだだ。チャンスをうかがうんだ。

こいつは、今日絶対に殺す。

よろよろと歩きながら、僕はランドセルの中にあるその本のことを思った。

二

蓑原悠真に目をつけられたのは、春——五月のことだ。

五年生になると同時に転校してきた彼は、小学生とは思えないほど身体が大きかった。一目見てわかった。こいつが、このクラスのボスになるのだと。

実際に転校して二週間で、蓑原はクラスの上のグループを手下にした。西野と原山が彼に給食のプリンをさし出したとき、クラスメイトはみんな、あっと思ったはずだ。

西野たちが二人がかりで蓑原に挑み、それでもコテンパンにされたという話を聞いたのは、その日の放課後のことだ。

ただ、誰がクラスを仕切ろうが、僕と陽斗にとってはどうでもいいことだった。どのみち僕たちは日陰者で、「ネクラ」で——それでよかった。教室のすみっこでひっそりとカードゲームが出来ればそれでいい。——そう思っていた。


ゴールデンウィークが過ぎ去った、五月のある日のこと。

僕と陽斗は、いつもの公園で「異次元モンスターズ」——略して「イジモン」のカードで対戦していた。陽斗が「ゴーストデッキができたから試したい」と言ったのだ。

それは相手の攻撃をかわしつつ、ゴーストタイプの毒特性でじわじわとダメージを与えるという戦法で、戦略家の陽斗らしいデッキだった。

「——よし、〈ソードコレクター〉で攻撃だ！」

僕が剣を振る真似をすると、陽斗はにやりと笑った。

「じゃあ、〈アンチェイン・ゴースト〉の特性発動。コインするね」

陽斗はコインを指で弾《はじ》く。ベンチに落ちたコインは表。僕は「くそー」と叫んだ。

ゴーストの特性「透過」が成功したのだ。僕の攻撃は無効化されてしまう。

俺のターン、と陽斗がデッキからカードを引いた。

「じゃあ、〈暗黒夫人〉の毒攻撃で〈ソードコレクター〉をデリート。壁がなくなったところで一斉攻撃！」

僕の頭には、イジモンのアニメのように立体化したモンスターたちが襲いかかってくる映像が浮かんだ。これでハートポイントはゼロ。僕は「ぐわぁ」と声に出して、ベンチからわざとずり落ちた。陽斗がけらけらと笑った。

「強過ぎだよ。〈猛毒蟻〉と〈冥土《めいど》からの宅配便〉のコンボなんてよく思いつくね」

「強いカード持ってないからね。あるものでどう戦うか考えなきゃ」

その言葉に、僕は少しだけ自分が恥ずかしくなった。

ときどき、陽斗はすごく大人びて見える。今のデッキだって勝つことを一番に考えていて、まるで大人が作ったみたいだ。その分、同世代相手に使うとケンカになるだろうな、と思った。僕は負けても楽しいからいいけれど。

「ねぇ、〈メタル・ナイト・ドラゴネス〉見せてよ」僕は言った。

「いいよ。じゃあ、〈サンダー・ナイト・ドラゴネス〉も」

僕たちは互いにカードを交換した。〈メタル・ナイト・ドラゴネス〉は、竜の鎧《よろい》をまとった戦士のカードだ。それほど強いカードでもなければ、特別レアというわけでもない。〈サンダー・ナイト・ドラゴネス〉も同じ。

だけど、僕たちにとっては特別なカードだ。

四年生のとき、近所のカードショップが開いた大会に初めて二人で参加したときの思い出の品だ。結果として、二人とも一回戦負けだった。参加者は僕ら以外は大人ばっかりで、強力なカードを揃えた彼らに勝てるはずもなかった。負けず嫌いの陽斗は「大人はお金で強いカードを買ってずるい」とふてくされていた。

僕たちは参加賞として、カードをそれぞれ一枚もらった。それが〈ドラゴネス〉のカードだった。

二枚のカードは、〈結合〉すれば〈キング・ナイト・ドラゴネス〉というすごく強力なカードになる。お互いにもらったカードを知ったとき、僕らは顔を見合わせた。

もしかしたら、ショップのお兄さんのイキナハカライというやつだったのかもしれない。それでも、僕たちはあのとき、互いを親友だと認め合った。〈ドラゴネス〉カードはそれぞれの宝物にして、大人になっても大切にしようと誓ったのだ。

「やっぱり、メタルの方がカッコいいね」

「サンダーだって。それに、攻撃力はサンダーの方が上だし」

僕たちは笑い合った。

もう一度やろうか、となりかけたとき、公園の入口から大きな笑い声が聞こえた。

振り向くと、そこには蓑原と、すっかり子分となった西野、原山がいた。

ドキッとした。僕はヘビににらまれたカエルみたいに動けなくなる。陽斗も同じだった。

どうか気づかれませんように――そんな祈りも無駄だった。「あいつらクラスの奴らじゃね？」と蓑原が言い、三人はにやにやと笑いながら近づいてきたのだ。

「あっ！　イジモンじゃん！　お前らもやるんだ」

蓑原の声は公園全体に響いた。僕は「まぁね」と返事をする。早くどこかに行ってほしかったけど、蓑原は「デッキ見せて」と強引に僕のカードを奪い取った。

「お！〈剣聖・ガルガンティス〉じゃん！　当たったのか？」

ドキリとする。僕が持っている中で一番のレアカードだ。

「う、うん。たまたま」

僕は、チラリと陽斗を見た。彼は無表情のまま固まっていた。

「へぇ。……いいカードばっか持ってやがんなぁ。金持ちなんだなぁ」

言いながら、蓑原は〈剣聖・ガルガンティス〉のカードをポケットにしまおうとした。僕は「い、いやいや……」と慌てて声をかける。

「冗談だって」

蓑原は笑ってカードを返したが、嫌な感じは消えなかった。……こいつはたぶん、今、僕らを見定めているのだ。突っついてみて、どれくらいの扱いでいい相手か調べている。

「俺もイジモンやってるんだ。対戦しようや」

蓑原は、半ズボンのポケットから、輪ゴムで縛ったイジモンカードのデッキを取り出した。僕は陽斗と目で会話をした。こうなってしまっては仕方ない。

「じゃあ、俺が相手になるよ」

陽斗がそう言ったので、僕はベンチから立って蓑原に対戦席を譲った。陽斗のことだから、適当に負けて蓑原に花を持たせるつもりなのだろう。

あるいは、カードゲームを通して友情が芽生えるかもしれない。

そのとき僕は、そんな呑気《のんき》なことを考えていた。


「〈地獄ダニ〉でポイント吸血。さらに〈呪霊《じゅれい》・ドロンポ〉でプレイヤーダメージ」

そう言うと、陽斗は射貫《いぬ》くように蓑原の胸を指さした。

「う……じゃ、じゃあ、〈暴力王コング〉を召喚して、盾モードだ」

「俺のターン。千ハートポイントと〈地獄ダニ〉を犠牲にして、〈悪魔超霊・グールナイザー〉を召喚だ！」

〈グールナイザー〉は陽斗のゴーストデッキの切り札だ。蓑原のハートポイントは残り少ない。陽斗がわざと負けるという僕の予想に反して、勝負は圧倒的に陽斗が有利だ。

「くそっ、じゃあ、〈邪神父〉の効力〈胎内回帰〉を発動だ！　これでグールナイザーはデッキの一番上に――」

「あ、それは無効だよ」

反射的に僕は口を挟んだ。蓑原がジロリとにらんでくる。

「はぁ？　何でだよ？」

「グ、グールナイザーは効力の対象にはならないから。テキストに書いてあるよ。能力は有効だけど」

「何言ってんだ。一緒だろ」

「一緒じゃないよ。効力と能力は別のスキルで――」

次の瞬間、僕の脇腹に重い衝撃が加わった。

蓑原に蹴《け》り飛ばされたのだと気づいたときには尻餅《しりもち》をついていた。アディダスのシャツに、スニーカーの足跡がくっきりと残っている。

「ごちゃごちゃうるさいんだよ！」

彼はそう怒鳴ると、砂をすくい上げて僕に投げつけた。

「お、おい」

立ち上がった陽斗を、蓑原はキッとにらみつける。

「お前も、キモいカードばっか使ってんじゃねーぞ！　チマチマチマチマ、ズルしてダメージ与えて。楽しいか？　ああ？」

陽斗がしたことはズルじゃない。立派な戦法だ。攻撃力が高いだけのモンスターや、直接的な効果のカードばかり使っている蓑原には理解できないかもしれないが。

蓑原は陽斗からカードを奪い取ると、その場にぶちまけた。それから、西野たちに「踏め」と命令する。突然キレた蓑原に戸惑っている様子の西野たちだが、蓑原に「早くしろ」と怒鳴られ、カードを一枚一枚踏み始めた。

「や……やめろよ！」

カードを拾おうとした陽斗を、蓑原が蹴り倒す。肩から地面に落ちて、陽斗はぐうとうめいた。

「ふざけやがって……！　お前ら絶対許さねぇからな」

蓑原は僕の足許《あしもと》につばを吐き捨てると、大きな身体をのしのしと動かして、公園から去っていく。西野たちがその背中を追った。

彼らの姿が見えなくなっても、僕たちはしばらく立ち上がることができなかった。

暴力に対する怒りよりも、あんな人間が存在するのかと驚き、呆然《ぼうぜん》としていた。

「……何でわざと負けなかったんだよ？」

カードを拾い集めながら、僕は陽斗に尋ねた。

陽斗は黙っている。僕は、彼が負けず嫌いだということを思い出した。それにしたって、あそこは負けておくべきだ。陽斗は黙々とカードに付いた砂埃《すなぼこり》をティーシャツで拭《ふ》いている。

「スリーブ付けててよかった。……あいつら、本当にあり得ないな」

「ねぇ、何で負けてやらなかったんだよ？」

僕がしつこく訊《き》くと、陽斗は「うるさい！」と大声を出した。僕は思わず「ごめん」と謝る。彼の目には涙がにじんでいた。

「……イジモンくらい、あいつらに勝ちたいだろ。何で、好きなことでまで我慢して、コビヘツラワナイといけないんだ」

憎々しげにそう言う陽斗に、僕はもう一度「ごめん」とつぶやいた。陽斗は目許を手の甲で拭って、

「でも、さっきの勝負は俺の勝ちだ。あいつは試合放棄したんだからな」

にっと陽斗は笑った。僕は笑い返したけど、ぎこちない笑顔になっていたと思う。

「〈ドラゴネス〉は踏まれなくてよかったよ。なぁ？」

僕はあやふやな返事しか出来なかった。頭の中では、蓑原の「絶対許さねぇ」という言葉がぐるぐると回っている。口の中で苦い砂の味がした。

あの日からだ。僕と陽斗が、蓑原からいじめられ始めたのは。

あのときの陽斗は間違ってなかったと思う。

けど、もし過去をやり直せるなら、僕は代わりに勝負を受けて、負けていただろう。


物を隠される。小突かれる。そんなことは日常茶飯事だった。

何度も「臭い」と言われた。給食にゴミをかけられた。女子トイレに押し込められた。「変態」「ゴミ虫」「貧乏人」「ブサイク」——色んな悪口を机に書かれた。

クラスメイトたちは、教室の後ろでプロレス技をかけられる僕と陽斗を見ても、誰も止めようとしなかった。ただ、「またやってる」と言いたげな冷たい視線を送るだけ。担任の笹岡は「怪我すんなよぉ」と乾いた笑いを漏らすだけで、注意すらしてくれなかった。

「——あいつら、僕らみたいな日陰者は、いじめられても仕方ないって思ってんだ」

七月のはじめ。僕と陽斗は校舎裏のゴミ置き場で、散らばった教科書を回収していた。地面は昨日降った雨のせいでぬかるんでいて、紙はたっぷりと泥水を吸ってしまっている。茶色い水が滴る自分の教科書をつまみ上げると、鼻の奥がツンとした。

「翔太。……泣いてんのか？」

陽斗の言うとおりだ。僕は泣いていた。

辛《つら》くて、みじめで――何より、お父さんとお母さんに申し訳なかった。

するとと、ぱらぱらという細かい音と共に、丸まったティッシュや埃の塊が落ちてきた。見上げると、窓から二人の男子が僕たちを見下ろしてにやにやと笑っていた。逆さまになった円筒形のゴミ箱が見える。

彼らは僕の視線に気づくと、きゃははと笑いながら窓の奥に引っ込んだ。蓑原じゃなかった。西野でも原山でもない。あまり話したこともない五年二組のクラスメイト。最近では蓑原たち以外からも嫌がらせをされるようになっていた。

「もう限界だ。……死にたいよ」

僕がそう言うと、陽斗はひどく傷ついた顔をした。まるで、自分が「死ね」と言われたみたいに。

でも、本気だった。ずっとうまく眠れていないし、朝はお腹が痛くなる。だけど家族に心配はかけたくないから、平気なふりをする。大好きだったイジモンも今は全然楽しくない。

どうして僕が、僕たちが、こんな目にあうんだ。

ただ蓑原とカードゲームをした、それだけなのに。

涙が止まらなくなる。声をつまらせる僕の肩に、陽斗がそっと手を置いた。

「死ぬなんてダメだ。死ぬくらいなら……殺してやろう」

「……え?」僕は顔を上げた。

陽斗は、真剣な目で僕を見つめている。

「殺すんだよ。俺たちで。蓑原たちを」

「……どうやって」

すると、陽斗はニッと笑った。イジモンの新しい戦法を考え付いたときと同じ笑顔。

そうして、僕だけに聞こえる声で、

「──ゆうずどって知ってるか?」

と言った。

三

放課後。午後四時過ぎ。誰もいない廊下には窓から夏の太陽が射し込んで、宙を舞う埃がキラキラしているように見えた。僕は、前を歩いている背中に話しかける。

「本当に……そんな本が図書室にあるの?」

「うん。近所の兄ちゃんが言ってた」

陽斗は、速足で階段を下りていく。

これから探しに行くのだ。学校の図書室に。

『ゆうずど』を。

陽斗が言うには――呪いの本を。

「『ゆうずど』は十年くらい前に発売された小説なんだけど、読んだら呪われて死ぬらしい。兄ちゃんの同級生も、それで死んじゃったって。お化けに殺されるって噂だよ」

「お化けに殺されるって……どんな風に？」

僕は、「赤いはんてん」という学校の怪談を思い出した。個室トイレで用を足していると、上から「赤いはんてん着せましょか？」と声をかけられ、全身を血まみれにされて殺される……というものだ。『ゆうずど』も、それくらいザンコクに殺されてしまうのだろうか。

「それが、死に方は人によって違うんだって。何か、その人がどんな風に死ぬか『ゆうずど』に書いてあるらしいよ。読む人によってそれが違うんだ。で、本には黒い栞《しおり》が挟んであって、その栞が最後までいくと、その結末どおりに死んじゃうんだよ」

やや興奮しながら陽斗は言う。つまり、本を読めば自分の死に方がわかるらしい。それは怖いなと思うと同時に、だったら何とかして死なないように出来るんじゃないかなと思ってしまう。

「その兄ちゃんって、いくつ？」

「大学生。十九」

ということは、少なくとも七年以上前のことだ。

「兄ちゃんによると、『ゆうずど』のせいで子どもが何人も死んで、学校が図書室にある『ゆうずど』をテッキョしようとしたんだって。でも結局、見つからなかった。一部の子たちが、図書室のどこかに隠したらしい」

その「一部の子たち」は、『ゆうずど』を使って呪い殺したい相手がいたのだろう。

——僕たちと同じように。

図書室は東校舎の端っこにあった。古くて重たい木の扉は、小学校が出来たときからあるらしい。

ガラガラと扉を開けると、クーラーに冷やされた空気に頬をなでられる。

入ってすぐのところに受付があって、やせたおばあさんが座って本を読んでいた。

僕は駆け寄ると、そのおばあさんに話しかけた。

「あの、『ゆうずど』って本、ありますか？」

「……ゆうずど？」

おばあさんは、眼鏡を持ち上げて、僕の顔を見つめた。

「それって、何の本？」

「えっと——」

「何でもないです」

陽斗は割って入ると、僕の服を引っ張って、はしっこの方へ連れて行った。

「ばか。何、普通に訊《き》いてるんだよ」

ひそひそと、だけど怒りを含んだ声で言った。

「え、だって」

「学校は『ゆうずど』を図書室から無くそうとしたんだぞ。俺たちが『ゆうずど』を探してるって知ったら邪魔しに来るかも」

「じゃ、じゃあ、どうやって探すの？」

「シラミツブシだよ。……この図書室をテッテイ的に調べるんだ」

そう言って、陽斗はにやりと笑った。

僕はわくわくした。学校に隠された呪いの本を探す——まるでＲＰＧの主人公になったみたいだ。

僕たちは手分けして探した。図書室の本はジャンルで分けられていて、まずは「物語」の棚を探したけれど、見つからなかった。それから、「歴史」や「道徳」、「自然」などの棚も見たけど、『ゆうずど』というタイトルの本は見当たらなかった。

やがて午後五時——完全下校時間になった。今日のところはあきらめよう、と帰る用意をしていると、いつの間にかうしろに受付のおばあさんが立っていた。

「何か、探してるの？」

「えっ。いや……」

「『ゆうずど』って言ってたよね。それって、何の本？」

眼鏡の奥の小さな黒目が僕を見つめている。

「それは、あなたが読むの？」

「さようなら！」

陽斗が僕の腕を引っ張り、僕たちはグラウンドに飛び出した。

校門を出たところで、「あのばあさん、気づいたかもな」と陽斗が舌打ちした。


それから、僕たちは放課後、毎日図書室に通った。

「図鑑」「絵本」「社会」——まさしくシラミツブシに本棚をあさったけれど、『ゆうずど』は見つからない。図書室のおばあさんは、ときどき僕たちを見つめて、見張っているみたいだった。そんなときは、普通に本を読んだり勉強したりしてごまかさなければならなかったので、作業はなかなか進まなかった。

僕たちが放課後に図書室に通っていることに気づいた蓑原たちが先回りして、ジャマされるときもあった。奴らは僕と陽斗を学校近くの公園に連れ出すと、ボールをぶつけたり、虫の死がいを服やランドセルに入れたりした。

「耐えろよ。『ゆうずど』が見つかるまでのガマンだ」

陽斗はそう言った。でも、僕は限界が近かった。呪いになんて頼らずに、あいつらを殺してやろうかとも思った。

「ばか！　そんなことしたら、殺人犯だぞ？　あんな奴らのせいで、人生台無しになっていいのか？　ショーネンインに連れて行かれるかもしれないんだぞ！」

「ショーネンインって？」

「子供版の刑務所だよ」

そんなところは嫌だ。お母さんやお父さん、お姉ちゃん、そして陽斗にも会えなくなってしまう。

「だろ？　だから『ゆうずど』が必要なんだ。呪いなら、いくら人を殺したって捕まらない。証明出来っこないからね。あいつらを殺して、俺たちは元の生活に戻るんだ」

陽斗はそう言って、いつものように僕に笑いかけてくれた。

「またそんなに汚して！」

ドロだらけになって家に帰ると、お母さんがそう言った。でも、本気で怒っているわけじゃなくて、僕が「やんちゃに」「子供らしく」遊んでいるのだと思い、どこか喜んでいるみたいだった。

「インドアのもやしっ子だったのに、最近は男の子らしくなっちゃって」

僕をお風呂場《ふろば》に連れて行くと、お母さんはそう言って頭をなでた。それから、「ポケットにカードが入ってないか確認してね」と言う。以前、僕がイジモンのカードを数枚、ズボンのポケットに入れっぱなしにして洗濯したことがあったのだ。

「特にあれ、あの剣持ってるカード、あれだけはダメにしないでよね！」

わかってるよ、と僕は低い声で答える。脱衣所で一人になると、涙がこぼれた。

――ごめんなさい。〈剣聖・ガルガンティス〉は、とっくに蓑原に取られました。

そう言えたらどんなに楽だろう。

でも、言えなかった。


毎日増える生傷について、僕は「探検してるから」と言い訳した。狭い路地裏や森の中を走り回っているうちについてしまうのだと。お父さんもお母さんも、その話を微笑みながら聞いていた。僕は「川に大きな鯉がいた」とか、「駄菓子屋までの近道を見つけた」とか、嘘の冒険話をした。

「あんまり危ないことしないでよね」とお母さんが言い、「いや、これくらい元気でなきゃ、男の子はね」とお父さんが頷《うなず》く。

二人とも嬉《うれ》しそうだった。満足そうだった。

僕の隣では、お姉ちゃんが死にそうな顔で黙っていた。

「――翔太は、蓑原たちのこと、家族には言ってる？」

いつものように午後五時で図書室を追い出された放課後。

僕たちは公園のベンチに座っていた。

「言ってない。言えないんだ」

「どうして？」

「お姉ちゃんもいじめられてるから。僕までそうだってバレたら、きっとカテイホウカイする」

僕は、一息に言った。

お姉ちゃんは中学二年生で、今年の五月には学校に行かなくなった。何があったのかは教えてもらってない。ただ、同級生からいじめを受けたことだけは、夜中に両親が言い争う声でわかった。

お姉ちゃんは小学生の頃は明るくて、気ままに人を振り回すところがあった。いじめられるようなタイプには見えなかったけど、そういうキャラクターが、中学生になってウザがられるようになったということだろう。

あのときの家の空気は最悪だった。お母さんはよく泣いていたし、お父さんはよく怒っていた。いじめっ子とどういう話し合いになったかはわからない。とにかく、お姉ちゃんは不登校になった。

今、家の中は落ち着いている。いや、問題がほったらかしにされていると言った方が正しい。お父さんもお母さんも仕事が忙しいし、お姉ちゃんはあまり自分がどうしたいかとかを話そうとしない。もう二か月も自分の部屋に引きこもっている。小学校のときにも学校に行かないときがあったけど、今回はもっと長い。

だけど、ひとまず、家の中は静かだ。お父さんもお母さんも笑うようになった。お姉ちゃんは全然笑わないけど、前みたいに自分の頭を壁にぶつけたりしない。

たぶん、今の状態は、ぎりぎりの綱渡りみたいなものだ。

だから、僕が新しい問題を持ち込むわけにはいかない。

そう説明すると、陽斗は「ふぅん」と腕を組んだ。

「陽斗は？　言わないの？」

「言わない」

「何で？」

「いじめられてるなんてカッコ悪いだろ。お父さんとお母さんがガッカリする」

プライドの高い陽斗らしい理由だった。

「でも——そうか。お姉ちゃんか」

「何が?」

「お姉ちゃんも曳沼小だろ? だったら、『ゆうずど』について何か知らないかな?」

その発想はなかった。やっぱり陽斗は頭がいい。

「帰って訊《き》いてみる!」

ベンチから立ち上がった僕は、すぐに陽斗の手を引いて、後ろの草むらに隠れた。公園の前を、蓑原が通りかかるところだった。西野と原山もいて、三人で駄菓子を食べている。きっと、今日の昼休みに僕たちから奪い取ったお金で買ったのだろう。去っていく三人の後ろ姿を眺めながら、僕は「絶対に殺してやる」と殺意を新たにしていた。

家に帰ると、僕はお姉ちゃんの部屋の前に立った。

両親はまだ帰ってない。お姉ちゃんと二人で話すのは、久しぶりな気がした。扉をノックしてから、そっと開く。引きこもる前から、部屋に入るなと言われていた。デスクライトだけが点《つ》いた薄暗い部屋で、机に向かっている後ろ姿が見える。

「……何?」

静かな、だけどいらだった声。振り返ったお姉ちゃんは、シャーペンを握っていた。勉強していたのだ。僕は慌てて用件を話した。

「ねぇ、ゆ――『ゆうずど』って知ってる？」

するると、お姉ちゃんの目が、すっと細くなった。「……誰から聞いたの？」

「やっぱり、知ってるの？」

彼女は苦々しい表情を見せると、机に向き直った。

「……友達が読んだ。小学六年のとき」

「ほ、ほんとに？」

「本当。朝来たら、その子の机の中に入ってたんだって。そのとき、『ゆうずど』の怪談は学校でちょっとしたブームになってた。ちょっとでも読んだら呪われるって。だから、あたしはその友達に読まない方が良いって言ったんだけど――でも、その子は怪談とか信じないタイプで」

「それで、どうなったの？」

「死んだよ」

ぽつり、とお姉ちゃんは言った。

「本を読んでから五日後に。学校の帰りに、トラックにひかれて」

「……そんな」

「嘘だと思うなら、お母さんに訊いてみな。由香奈《ゆかな》って子。……ね、どうしてそんなことになったんだと思う？」

「の……呪われたから？　本に」

「そう。でも、本にじゃない。人にだよ。そのとき、あたしと由香奈は、ある女の子をいじめてた。二人で。服が気持ち悪いとか、笑顔が変だとか、そんなつまらない理由で。名前は、佐和子《さわこ》っていった」

　いきなりの告白に、返事が出来なかった。

「あのとき——由香奈が『ゆうずど』を読んだとき、あたしは見た。教室の端っこに座ってた佐和子が、いつものピンクのフリフリの服着てこっちを見て、そばかすだらけの顔で……にやって笑ったのを。すぐわかった。あの子が本を机に入れたんだって。由香奈を呪い殺すために」

……僕たちと同じだ。そして彼女は成功させた。

　だけど、嬉しいという感情は少しも湧いてこなかった。

「次はあたしだって思った。しばらく学校に行けなかったけど、そのうちにお母さんに無理やり連れて行かれた。いじめられっ子の復讐《ふくしゅう》が怖い、なんて言えなかった」

　お姉ちゃんはシャーペンを放り出すと、自分の肩を抱いた。

「立場は逆転してた。あたしはその子が近くにいるとびくびくして、喉《のど》がカラカラになって、次の瞬間に本を無理やり読まされるんじゃないかって怖くて仕方なかった。もちろん、嫌がらせなんて一切止めた」

恐ろしいと同時に、僕は悲しかった。お姉ちゃんが、あの蓑原たちのように、誰かをいじめていたなんて。

「由香奈が死んでから二か月経っても、あたしは殺されなかった。……たぶんだけど、いじめは由香奈がソッセンしてやってたし、由香奈が死んですぐに止めたから、殺すのだけは勘弁してもらえたのかも。でも、ある日廊下ですれ違った瞬間に、佐和子がぽつりと言ったの。――『バラしたら、お前も呪い殺す』って」

暗い部屋に沈黙が下りる。

お姉ちゃんは、ふっと笑みを浮かべた。

「そのあたしが、今はいじめられる側だからね。インガオウホウだよ。……でも、『ゆうずど』を使って、あいつらを殺そうとは思わない。今はこんなだけど、勉強はちゃんとして、どこかで脱線したのを戻すつもり」

お姉ちゃんは僕の顔をじっと見た。その眼差《まなざ》しは、僕の事情を全て見抜いているみたいだった。つまり、いじめられていることも、『ゆうずど』で蓑原たちを呪い殺そうとしていることも。

「ゆ……『ゆうずど』を手に入れるには、どうしたらいい？」

「翔太」

お姉ちゃんは静かに僕の名前を呼んだ。その目はお母さんそっくりだった。

僕は黙っていた。何を言えばいいのかわからなかった。そのうち、「でも」とか「僕たちは悪くないのに」とか、言い訳にもならない言葉がぽろぽろとこぼれる。

そしたら、細くて短い溜《た》め息が聞こえた。

「……ヒトヲノロワバアナフタツって聞いたことない？」

僕は首を横に振った。何の呪文《じゅもん》だろう。

お姉ちゃんは表情を緩めた。悲しそうな顔で、「方法は知らない」と言った。

「でも、心構えというか、手順の一つは聞いたことある」とも。

「いい？　翔太。――あれはね、呪いの本だよ」

「え？　う、うん……」

「そして、自分で読んじゃいけない。……誰かに訊かれたら、そう言いな」

それだけ言うと、お姉ちゃんは机から離れて、ベッドに潜った。

その後は、どんなに話しかけても答えてはくれなかった。

四

結局、『ゆうずど』が見つからないまま、夏休みに入った。

回数は減ったものの、八月に入っても僕たちは図書室に通って、本を探した。両親は「最近は図書室に入り浸ってるらしくて感心だ」とほめてくれた。まさか、いじめっ子を殺すために呪いの本を探しているとは言えなかった。

棚は全て調べ尽くしたので、今度はカバーを外して表紙を調べることにした。大人たちが隠そうとする呪いの本なら、それくらいのカモフラージュをされていてもおかしくはない――そう陽斗が言ったのだ。

図書室じゅうの本のカバーを外して表紙を確認するという、気の遠くなるような作業が始まった。たくさんの本に触ったせいで黒い汚れが取れなくなった指先を見ながら、僕は自分が何のために何をしているのかわからなくなってきた。

あの日以来、お姉ちゃんとは話していない。だけど、あのときの会話が頭の中で何度も繰り返される。考えずにはいられなかった。人を殺すこと、呪い殺すことについて。

八月二十日は、登校日だった。

久しぶりに集まったクラスメイトたちは、口々に「久しぶり」「焼けたなぁ」などと言い合っている。僕と陽斗だけが、その輪から外れていた。

一部の宿題を提出して、担任の笹岡から「みんなの元気な顔が見られて嬉《うれ》しい」と話があって、その日は午後早くに解散になった。図書室に行こうとした僕と陽斗の前に、蓑原がよく日に焼けた顔で立ちふさがった。

「久しぶりに遊ぼうか」

蓑原の声は弾んでいた。約一か月ぶりに僕たちをいたぶれることが嬉しくて嬉しくてたまらないという様子だった。西野と原山も、陽斗のランドセルをがっちりとつかんで目をキラキラさせている。そこには、罪悪感や後ろめたさというものはまったく感じられなかった。彼らは僕らのことを人間扱いなんてしていなくて、ただのおもちゃとしか思っていないことがよくわかった。

僕たち五人は、学校から少し離れた、裏に川がある公園に行った。陽斗も僕も抵抗する気は失《う》せていた。逃げるなら、二人とも確実に逃げ切らなければいけない。もし片方が捕まったら、逃げたもう一人の分までひどい目に遭わされるに決まっているからだ。

蓑原は木のかげに誰かが忘れたサッカーボールを見つけると、それを僕に向かって蹴《け》った。硬いボールで、二の腕に当たると「バチン」とムチで打たれたような音が鳴った。それから、僕たちは代わる代わる木に背中をつけて立つように言われ、蓑原たちが蹴るボールを身体にぶつけられた。一度、ボールが顔面に当たって、目の前が真っ暗になった。

気づけば地面に倒れていて、ほっぺたがジンジンと痛んだ。

リフティングをするようにも言われた。僕と陽斗が交代でやって、回数が少ない方が多い方にお尻《しり》を蹴られるというルールだった。僕がわざと回数を少なめにすると、陽斗はさらに少ない数で失敗した。僕はできるだけ本気に見えるように演技をしながら、陽斗のお尻を何回も蹴った。

「何か盛り上がらねぇよなぁ」

陽斗の腕をねじりながら、蓑原はつまらなそうに言った。盛り上がらないのは、僕と陽斗が派手なリアクションを取らないからだ。できるだけ無反応でいることが、彼らから楽しみを奪うのだと僕たちは学習していた。

「よし、久しぶりにイジモンデッキチェックだ。レアカードは没収で」

蓑原が命令して、西野たちが僕らのランドセルに近づいた。

「やめろ！」叫んだのは陽斗だった。

ランドセルにはデッキケースが入っている。その中には、〈ドラゴネス〉のカードが。

「お、まだキラカードあったのか。……〈ドラゴネス〉か。ビミョーだな」

僕のデッキケースを調べてから、蓑原は陽斗のデッキケースに手を伸ばす。僕は西野に、陽斗は原山に背中に乗られて地面に押さえつけられていた。

「あれ、こいつも〈ドラゴネス〉持ってるぞ。こっちはメタルだ」

それだけで、蓑原はそのカードが持つ意味を察したらしい。にやにやと下品な笑みを僕たちに向ける。

「ひょっとしてお前ら、このカードに憧《あこが》れてるわけ？〈ネクラデス〉のお前らが」

つまらないダジャレに、西野と原山がゲラゲラと笑った。

僕たちは黙っていた。無視を決め込む。そして、蓑原の興味が他に移るのを待つ。それが一番良い方法なんだ。

「ふーん、わざわざ別のスリーブに入れてんだから、大切にしてるよなぁ」

蓑原がねちっこく笑う。暑さと痛みと嫌な予感で、僕はだらだらと汗を流していた。

蓑原は〈サンダー・ナイト・ドラゴネス〉のカードをスリーブから取り出すと、僕たちの目の前で二つに破った。

声も出なかった。ただ電流が走ったみたいに海老反《えびぞ》りになって、僕は固まった。

蓑原は半笑いのまま、僕たちに見せつけるようにカードを千切っていく。び、び、びと音をたてて、カードはどんどん小さくなる。彼が細切れになったカードをぱっと上に放ると、キラキラの紙吹雪が僕の上に降り注いだ。

「こっちもいっとこうか」

〈メタル・ナイト・ドラゴネス〉が同じようにバラバラになって地面に落ちたとき、横からう、う、う、という声が聞こえた。陽斗が泣いていた。どんなにひどい目に遭わされても声に出して泣くことだけはなかった陽斗が、地面に突っ伏して大声で泣いていた。

「うう、う、ううう、ああ、あ」

「やぁ、泣いた泣いた」

蓑原が猿のように手を叩《たた》いて喜ぶ。初めて陽斗が泣いたことに驚いたのか、西野と原山は僕たちから下りて、蓑原のそばに行った。蓑原も平気そうに振る舞っているが、どんどん大きくなる陽斗の泣き声に動揺してきたらしい。その証拠に、すぐに「おい駄菓子屋行こうぜ」と公園を出て行った。

彼らがいなくなってしばらくしてから、僕は立ち上がって「行こう」と言った。陽斗は起きてこなかった。もう泣いてはいなかったけど、顔を伏せたまま動こうとしない。僕は一人、小学校へ向かった。

午後の陽射しがじりじりと肌を焼いた。汗をかいたほっぺたに砂が張り付いている。つばを吐くと赤いものが混じっていた。ひざがズキズキ痛むと思ったら、皮が一部べろんとめくれて垂れ下がっていた。

校門を抜けて、真っ直ぐ図書室に向かう。図書室に入ると、司書のおばあさんが「もうすぐ閉めるよ」と言った。僕は気にせず、本棚の方へ駆け寄る。

頭の中は、『ゆうずど』のことと、蓑原たちを殺すことでいっぱいだった。

目についた本棚を手当たり次第に探す。ゆうずど、ゆうずど——口は勝手につぶやいていた。まばたきすることも忘れて、本棚に並ぶ背表紙の一つ一つをチェックする。見つからなければ、別の棚に移動する。今更こんなことをしても意味がないとわかっているのに。

いつの間にか受付から出てきた図書室のおばあさんが、そんな僕の様子をじっと見ていた。でも構やしない。まずは『ゆうずど』だ。

なぜか、今なら見つかる気がした。

逆に言えば、今見つけられなかったら、一生手に入らない——だから僕は必死だった。

ある。きっとある。佐和子のときは見つかったんだ。きっと僕は彼女よりも強く『ゆうずど』を求めている。見つかるはずだ。いや、見つからないとおかしい。

けれど、『ゆうずど』は全然姿を現さない。

何で。どうして。

気持ちがなえていくのを感じて焦る。この強い気持ちを保ったままでないと本は見つからない。なぜかそう思った。

「本を探してるの？」

本棚のかげから顔を出して、おばあさんが言った。

「それって、何の本？」

「うるさい！」

僕は怒鳴った。そんな風に大人に怒鳴るなんて、両親以外にしたことがなかった。

だけど今は、一秒でも惜しい。

別の本棚に移る。本棚の最下段をはいつくばって探す。「ゆ」で始まる四文字のタイトルを見つけるたびにびくっとなる。そして舌打ちが出てしまう。佐和子もこんな気持ちだったのだろうか。お姉ちゃんを殺そうとしたことは許せないけど、気持ちを重ねてしまう。共感してしまう。

「ねぇ、それって何の本？」

まだしゃべりかけてくる。こいつは本当に、何なんだ。

「何の本？――あなたが読むの？」

「うるさいなぁ！　呪いの本だよ！」

ついに、言ってしまった。

「『ゆうずど』っていう呪いの本だ！　読ませた相手を殺せるんだよ！　だから僕は読まない！　あいつに……大嫌いな蓑原たちに読ませて殺してやるんだよ！」

「どうして、蓑原くんたちを殺すの？」

「それは……僕と陽斗を、いじめてくるからだ！」

陽斗を、僕の親友をいじめるのは許せなかった。あんなにいい奴なのに、どうしてリフジンな暴力を受けないといけないのか。きっと陽斗も同じことを思ってくれている。だから僕らは支え合えている。

「そう。じゃあ、これを貸してあげる」

その声に僕は振り返る。おばあさんがすぐ後ろにいて、黒い本を差し出していた。

本のタイトルは――『ゆうずど』。

一瞬、何が起きたのかわからなかった。

おばあさんは、僕をじっと見つめていた。僕は初めて、このおばあさんの顔をちゃんと見た気がした。

「本を貸してあげるには条件があるの。この本が、本物の呪いの本だと知ってる子。一行でも読んじゃいけないと知ってる子。あと――いじめられてる子」

そう言われて、僕はおばあさんが何度も「何の本か」、「誰が読むのか」を尋ねていたことを思い出す。そして、お姉ちゃんが教えてくれた言葉も。

僕は、ゆっくりと手を伸ばして本を受け取った。『ゆうずど』としか書かれていないその本はひんやりと冷たく、指が吸い付く感じがした。かなり古い本らしく、黄ばんでいて、端っこが破けたりしている。思っていたよりも大きい。

指が自然とページをめくろうとして――僕は危うく手を引っ込めた。

すると、本からひらりと紙が落ちる。ハガキくらいの大きさの、黄色く傷んだ紙。

拾い上げると、赤茶色の文字でこう書かれていた。

未来のいじめ　れっ子へ
こ　本で、そいつを呪　殺せ

〝ありがとう〟〝殺せました〟〝この本に出会えてよかった〟

文字の周りは、感謝の言葉でほとんど黒く塗りつぶされていた。

佐和子のように、『ゆうずど』を利用していじめっ子を呪い殺してきた子どもたちが書いたのだ。赤茶色の文字は、最初に『ゆうずど』を図書室に持ち込んだ人が書いたのだろう。

きっとその人もいじめられていたはずだ。

だから、いじめられっ子のためにこの本を残した。はげましの言葉と共に。

怖い、とは思わなかった。むしろ、胸に熱いものがこみ上げてくるのを感じる。

過去にこの本を手に取ったいじめられっ子たちと、気持ちを共有している気がした。

憎しみを。殺意を。

——誰かに助けてほしいという気持ちを。

「お……おばあさんが、これ、ずっと持ってたの？」

「そうだよ。読んだことはないけどね」

僕は、おばあさんという生き物はみんなおしゃべりだと思っていたので、彼女が自分から話すのを待った。彼女の子供が、あるいは孫がいじめられたことがあって、それからいじめられっ子に手を貸している――そんな話を予想して。

だけど、おばあさんは何も語らなかった。

黙って受付に入ると、さらにその奥の部屋に消えていった。


図書室の扉を開けると、ちょうど陽斗が入ってくるところだった。

『ゆうずど』を見せると、目を真ん丸にした。「どこで」とか「どうやって」とか訊《き》いてくるかと思ったけど、陽斗はいの一番に「早く殺そう」と言った。

僕はうなずくと、本を手に持ったまま校舎を出ようとする。そのとき、

「あれ、お前らまだいたのか」

廊下の向こうから、青いジャージ姿の笹岡が声をかけてきた。手には黒いバインダーを持っている。

「仲良しコンビだなぁ。夏休みは楽しんでるか？　ドロドロに汚れて。ははは」

笑い声が、僕たち以外に誰もいない廊下に響く。陽斗はわかりやすくうっとうしそ

うな表情を浮かべていた。沈黙を、校舎の外から聞こえるセミの声が埋めている。

「……うん、って言ってもな。先生は最近、気づいてることがあるんだよ」

そう深刻な声で言ったので、ドキリとした。

「お前ら、いじめられてるだろ。主犯は蓑原かな。違うか？」

「えっ……」

僕と陽斗は、同時に顔を上げた。笹岡は「やっぱり」と薄笑いを浮かべる。

「見てたら何となくわかるよ。でもな、あえて放置した。どうしてかわかるか？　お前ら自身の手で解決してほしいからだ」

そう言ってかがんで、僕たちと目線の高さを合わせて来る。

「いいか？　先生、今から現実的なことを言うぞ。——いじめはな、いじめられる方に原因があるから起こるんだ」

時間が止まった気がした。何を言われているのかわからなかった。

「ぼ、僕たち、何も悪いことは」

「じゃあ、何で蓑原はお前らを選んだんだ？　蓑原がいきなり何の脈絡もなく、お前らをいじめだしたっていうのか」

そうだ。僕たちがカードゲームで遊んでいたら勝手に交ざってきて、勝手に怒って。

じゃあ、と陽斗が泣きそうな声を出す。

「俺――僕たちが悪いって言うんですか？　いじめは、いじめられる方が悪いって」

「そうは言ってない。原因があるって言ったんだ」

笹岡は、陽斗の肩をぽんと叩《たた》いた。

「先生もな、昔いじめられたんだよ。当時はちょっと空気の読めないところがあってな。みんなが団結してる場面でつい変なことを言っちゃったり。大人になったらそういうこともなくなったけどな」

恥ずかしそうに頭をかいている。

「中学に入ってからは、そういう短所を直そうと思って努力した。そしたら三年間でいじめられたことも一回もなかったし、彼女もできたよ。……何が言いたいかわかるか？」

僕たちは答えなかった。

「いじめは、いじめる方が悪いに決まってる。でもな、いじめられる側にも原因がある。だから、それを努力して取り除いていかないといけない。そう言ってるんだ」

「で、でも」

「蓑原が百パーセント悪い！　だから蓑原を叱って終わり、じゃあ、お前らがこれから六年生や中学生になっても、同じ理由でいじめられるかもしれない。むしろ、この機会に短所を直せる！　くらい前向きじゃないとな」

にかっと笑う。僕の足は震えていた。胸の内がぐしゃぐしゃになって、言葉が出てこない。——先生に、正しいはずの大人に、「お前にはリフジンな暴力を受けるだけの理由がある」と告げられている。そのことが信じられない。

「よし、お前らには追加で宿題を出そうかな。いじめられる原因を見つけて、どうすればいじめをなくせるかを考えるんだ。休み明けに答えを聞かせてくれ。それで、先生と一緒にいじめに立ち向かおう！」

先生はいじめられっ子の味方だ、と頭をなでられる。笹岡は僕と陽斗の間を通り抜けて去ろうとする。その背中に、僕は声をかけた。

「……先生、この本、知ってますか？」

振り返った笹岡は、僕が差し出した本を手に取った。

「ん？　何だ？　ゆうずど？　へぇ、小説か。こんなもん読んでるからいじめられるんじゃないか？　ははははは」

おい、と陽斗が小声で言う。僕は黙っていた。

黙って——笹岡が本をぺらぺらとめくっている様をじっと見ていた。

五

「何であいつに読ませたんだよ？」

廊下の角で職員室の様子を見張りながら、陽斗は何度もそう訊いてきた。あまりにしつこいので、僕は「実験だよ」と口から出まかせを言う。

「ゆ、『ゆうずど』は僕らの切り札なんだ。蓑原たちを呪う前に、一人くらい試しておくべきじゃないかな？」

本当は頭に血が上ってやったことだけど、陽斗は納得したらしい。「それはそうかもしれないけど……」と言って黙り込む。それから、僕たちは犯人を追う刑事のように、職員室の入口を見張っていた。

笹岡が出てきたのは、午後五時を過ぎた頃だった。ジャージ姿にリュックを背負った彼は、一人で、僕たちがいるところとは逆方向に廊下を歩いていく。

「行こう」

僕は待ちくたびれて寝そうになっている陽斗の手を引っ張って、笹岡の後を追った。

追いかけ始めてから「車や自転車だったら追いつけないぞ」と思ったが、笹岡は歩いて校門を出た。どうやら、家は近くらしい。

夏の終わりが近い。日が落ちるのが大分早くなっている。薄い雲が夕焼けに染まる空の下、僕と陽斗は電柱や停まっている車のかげに隠れながら、笹岡を追いかけた。

いつ死ぬんだろう。交差点に差しかかると、胸のドキドキがいっそう強くなる。トラックがやってきて、お姉ちゃんの友達のようにひかれるのかもしれない。

緊張と興奮で息が荒くなる。陽斗も同様に、期待の眼差《まなざ》しを向けていた。

「ど、どうやって死ぬかな」

その目の輝きは、僕たちをいじめているときの蓑原たちとよく似ていたけれど、僕は言わなかった。

予想に反して、笹岡は無事に交差点を抜けると、住宅街に入っていく。その足取りは軽やかだ。背中越しでも上機嫌だとわかる。きっと、僕たちに素晴らしいお説教が出来たとでも思っているのだろう。

笹岡が入っていったのは、三階建ての茶色いマンションだった。階段を上った彼が扉を開けてある部屋に入ったところを確認してから、マンションの一階にあるポストを見る。確かに「笹岡」と書かれたポストがあった。間違いなく笹岡の自宅だ。

「……死ななかったね」

僕の声は、自分でもわかるほど沈んでいた。

「きっと、呪われたからって、すぐに死ぬわけじゃないんだよ」

陽斗の言い方は、自分自身に言い聞かせるみたいだった。もしかしたら、あんな風にパラパラと見ただけじゃ、呪いにはかからないのだろうか。

いや、それならいい。でも、そもそも『ゆうずど』の呪いそのものが嘘だとしたら……。

その後しばらくマンションの周りをうろうろして、僕たちは帰った。出来れば死ぬところをこの目で見たかったが、仕方がない。

別れ際に、『ゆうずど』をどちらが持っておくか話して、交代で持つことになった。まずは僕。陽斗は「絶対家族に読まれるなよ」と念を押してきたけれど、本当に呪いが存在するのか、僕は不安になっていた。

次の日。二十一日の朝。ベッドの下に隠したはずの『ゆうずど』がなくなっていた。そのときの僕の焦りようと言ったら、半狂乱と言っても良いくらいだった。一階に下りてキッチンにいるお母さんに尋ねると「知らないけど」とだけ言われた。お父さんは仕事に行っている。お姉ちゃんは部屋にいるはずだけど、僕の部屋に入るはずがない。

どろぼうだろうか。とにかく僕は自転車に乗って陽斗の家に急いだ。

「それは……笹岡のところじゃないかな？」

高橋家の玄関前で、陽斗はあごに手をやった。

「きっと呪いが成功したんだ。だから、本は標的である笹岡のところにあるんだ」

「た、確かめないと」

自転車を漕《こ》ぎ出そうとした僕を、陽斗が手で制した。

「怪しまれるよ。今は何も知らないふりしてた方がいい」

陽斗が言うことももっともだったが、僕は気が気でなかった。あれだけ苦労して手に入れた『ゆうずど』が、一夜にして行方知れずになってしまった。このまま戻らなかったら、蓑原たちを殺すという当初の目的も果たせなくなってしまう。

それから数日間、僕らは様子見にテッした。

僕は本当に『ゆうずど』の呪いが発動したのか、気になってしょうがなかった。もしかしたら、お母さんが勝手に処分して黙っているのかもしれない。お姉ちゃんが見つけて、やっぱり弟に人を呪ったりしてほしくないとジャマしているのかもしれない。

ガマンの限界が来たのは、夏休み最終日。八月三十一日。

僕は陽斗を誘い、もう一度笹岡の家に行くことにした。

陽斗も不安になっていたのだろう。黙ってついてきた。僕たちはお昼を食べてから、自転車を走らせて笹岡のマンションに向かった。

階段を上って、二階の角部屋の前に立つ。ためらっていると、陽斗がチャイムを押した。

しかし、笹岡は出てこなかった。

続けてチャイムを鳴らす。それでも、一向に出てくる気配がない。留守なのか、と諦《あきら》めかけたとき、陽斗がドアノブをひねった。

がちゃ、と扉に隙間が生まれて、僕らは顔を見合わせた。

陽斗は、ゆっくりと扉を手前に引いていく。僕は止めなかった。笹岡がいないなら、今の内に本を回収できる。

玄関には、スニーカーと革靴、サンダルがバラバラに放り出されていた。炭酸水の段ボール箱と、縛られた雑誌の山。

玄関ホールの右隣にある扉はたぶんトイレ、左隣はお風呂場《ふろば》だ。短い廊下には点々とズボンやタオルが落ちていて、お世辞にも片付いているとは言えない。リビングへ向かって進むにつれ、くさったような臭いが強くなる。僕たちは二人とも鼻を手でおおって、顔をしかめながらフローリングを歩いた。

ぎしぎしと、不穏な足音をたてながら進む。立派な犯罪行為だとわかっているけど、もう後には退《ひ》けない。せめて『ゆうずど』があることを祈りながら、リビングに入った。

服や本が散らばった汚い部屋。真ん中には四角いテーブルがあって、その上には、お酒の缶やカップ焼きそばの空き容器があった。テーブルの手前には二人掛けのソファーがあるけれど、誰も座っていない。

どうやら出かけているらしい。ほっとしかけて、足で何か硬いものを踏む。

それは、人間の腕だった。

視線をスライドさせた先には——笹岡がいた。

短パンにランニングシャツ姿の彼は、大の字に横たわっていた。目と口を大きく開き、叫び声が聞こえてきそうな表情のまま固まっていた。

叫びかけた僕の口を、陽斗がふさいだ。

そのとき、僕は、笹岡のそばに落ちている『ゆうずど』を見つけた。

それを回収すると、何度か転びながら部屋を飛び出た。陽斗は勢いあまって、扉の前の手すり壁にぶつかっていた。とにかく僕たちは声も出さずにマンションを離れると、自転車をとばして、どこまでもどこまでも走った。

ようやく自転車を止めたのは、交差点で赤信号に引っかかったときだ。

恐ろしさのあまり、ハンドルを握る僕の手はぶるぶる震えていた。

隣にいる陽斗も、すっかり顔から生気が抜け落ちている。

「し……死んでたよね？」僕は言った。

「ああ、死んでた」

「け、警察に」

「い、いや。ダ、ダメだ」

陽斗は、僕の手首をつかんだ。

「どのみち明日《あした》は始業式だろ。あ、明日には、ハッカクする」

「本物だったんだ」

「え？」

『ゆうずど』だよ。これは、本物の呪いの本なんだ」

僕は自転車のかごに入っている『ゆうずど』を見た。

「……ねぇ、ヒトヲノロワバアナフタツって知ってる？」

「は？　な……何だよ、今更やめたくなったのかっ？」

噛《か》み付くような陽斗の反応に、僕は慌てて首を横に振った。

「い、いや、本当にどういう意味か知らないんだ」

「……ヒトヲノロワバアナフタツってのは……人をオトシイれようとすれば、自分にも悪いことが返ってくるって意味」

陽斗は苦々しい顔で答えた。

悪いこと。笹岡を呪い殺してしまった僕にも「悪いこと」が返ってくるのだろうか。

「それ、誰が言ってたんだよ？」

「お姉ちゃんが……」

「何なんだよ、どいつもこいつも」陽斗は舌打ちをした。「俺たちは蓑原たちから自分の身を守ろうとしてるだけだ。なのに何で、こっちが悪いみたいに言われなくちゃいけないいんだよ？」

陽斗の言うとおりだ。僕たちは悪くない。セイトウボウエイだ。蓑原たちは僕たちにリフジンな暴力を振るい、笹岡はリフジンな言葉をぶつけた。だから、殺されても仕方ないんだ。

手の震えはますます大きくなる。それが恐怖によるものなのか、気持ちのたかぶりによるものなのか、そのときの僕にはわからなかった。

六

そして今——九月一日の午後。

僕は再び、『ゆうずど』によって人を呪い殺そうとしている。

「金は取ってきたか？」

家の玄関を出ると、蓑原たちがにやけ面で待っていた。

「よしよし、へへへ、それにしてもデカい家だなぁ。ほんとに金持ちなんだなぁお前」

蓑原が僕と肩を組んで、ぐっと顔を近づける。汗の臭いに僕は一瞬だけ顔をしかめた。

「パパとママに余計なこと言うなよ。家はわかってんだからな。火ぃ点《つ》けてやってもいいんだ。本気だぞ。俺は捕まるのなんか怖くないんだ。将来はヤクザになるから、捕まった方が喜ばれるしな」

僕は何も返さなかった。蓑原はそれを怯《おび》えていると思ったらしく、ぽんぽんと満足げに僕の肩を叩《たた》いた。

だけど、僕は興味がなかっただけだ。――これから死ぬ人間の将来のことなんて。

『ゆうずど』は今、ランドセルの中に入っている。

あとは、これをどうやって自然に読ませるかだ。

蓑原たちの後ろで、陽斗はハラハラとした表情を浮かべていた。大丈夫。僕は目線でそう答える。……そう、大丈夫。本を、それもただの一行でも読ませればいいんだ。笹岡のときも上手《うま》くいった。上手くやるコツは、こっちの殺意を悟らせないことだ。

公園に向かって歩く途中、西野と原山が「いえーい」と言いながら僕の頭を何度も小突いた。不思議と、これまでより怒りやみじめさが湧いてこない。むしろ、彼らに対するあわれみすら感じていた。――ばかめ。これから呪い殺されるとも知らずに。

僕の頭には、蓑原たちの死に顔が浮かんでいた。笹岡と同じ、苦しそうな表情で死んだ三人の顔。笑みがこぼれそうになるのを必死でこらえる。『ゆうずど』が相手を死に至らしめるには恐らく数日が必要だ。その間にいじめがエスカレートしてもつまらない。

いや――いや。僕は気を引き締める。もう呪った気になってちゃダメだ。

まず呪うことだ。今、勝負のときを迎えている。

蓑原たちは駄菓子屋で好き放題にお菓子をカゴに入れ、その代金を僕に払わせた。

「藤野くんも一緒に食べようよ」と腕を引っ張られる。駄菓子を食べ終わった後に、公園かどこかで僕たちをサンドバッグにして遊ぶつもりなのだ。いつもなら逃げ出したいと思うところだけど、今日の僕は心の中でほくそ笑んでいた。

連れていかれた先は、裏に川が流れている公園だった。ベンチで蓑原たちが瓶コーラとスナック菓子で宴会を始め、僕と陽斗はすぐそばで立ち尽くしている。ザンコクな命令を待つだけの地獄の時間。

だけど、今日ばかりはワクワクしていた。

隣に立つ陽斗がちらちらと僕を見る。待ち切れないのだろう。確かに、そろそろ頃合いかもしれない。僕がいきなりランドセルを下ろすと、三人の視線が集まった。

「おい、何してんだよ?」

「み、蓑原くん、こ……これ、面白いよ」

平静を装っているつもりだったが、声は裏返ってしまった。

「あ？　何だよ。持って来いよ」

僕は本を持った腕を伸ばしたまま、ゆっくりと近づく。ワニにエサをやるような気分だった。蓑原は手が届く範囲まで僕が近寄ると、本を奪い取る。

「何だこれ？……ゆう、ずど？」

まるで本というものを初めて見たかのように、蓑原は眉《まゆ》の間にシワを寄せた。それから、本をくるくると回して表紙と裏表紙を眺める。

「小説だよ。け、結構面白いんだ。読んでみてよ」

へらへらとした笑みを浮かべながら、僕は手に汗を握っていた。

心の中で「読め」と連呼する。たった一行でいい。流し読みするだけでも。読め。読め。読むんだ――

ところが、蓑原は僕をにらみつけると、いっそう低い声を出した。

「……何で俺が、お前の言うことを聞かないといけないんだ？」

彼はそう言ってゆらりと立ち上がると、鬼みたいな表情を浮かべて、ゆっくりと近づいてきた。

「なぁ、何タメロで話しかけてきてんだよ？　小説？　馬鹿にしてんのか？　そんなもん、お前らネクラ同士でしこしこ読んでりゃいいんだよ！」

グローブのような手に胸倉をつかまれ、僕の身体はあっという間に仰向《あおむ》けに倒された。ごっ、という音が後頭部で鳴る。一瞬目の前がチカチカしたかと思うと、開いた本を顔面に押し付けられた。

はないということなのだろう。

古泉《こいずみ》と千尋《ちひろ》は革張りのソファーに腰かけると、『ゆうずど』についてわかっているだけのことを話した。金城《きんじょう》は黙って聞いている。

だが、目を見れば本気にしていないことはすぐにわかった。

「つまり――これは、呪いの本、ということですね？」

彼女は小馬鹿にするようにせせら笑った。真っ赤に塗られた唇の間から、白い歯が覗《のぞ》く。古泉は指を組んで、前のめりになった。

「信じられないかもしれませんが、本当です。この本を読んで多くの人が亡くなっている。読書倶楽部《くらぶ》〈深海《しんかい》〉の方々の集団自殺も、こいつの呪いの仕業だと」

「まぁ。……到底信じられませんね」

金城は煙草をくゆらせると、不敵な笑みを浮かべた。撮影の前の暇潰《ひまつぶ》し、くらいにしか思っていないのかもしれない。千尋が苛立《いらだ》たしげに口を開いた。

「金城さん、私たちが訊《き》きたいのは、貴女《あなた》がこの本を読んだか、という一点です。どうなんですか？」

「そりゃあ読みましたよ。実質、この本が原作だと監督から聞きましたので」

古泉と千尋は、顔を見合わせた。遅かった――揃って絶望の表情を浮かべる二人を見て、金城は噴き出す。

「あはは、何ですかその顔？　ということは、あたしの命は、その本の栞《しおり》が結末にたどり着くまで、ということでしょうか？」

「貴女は、事の重大さを理解しておられないみたいですね」

千尋の声には、怒りと憐れみが混在していた。

「そのうちわかります。今日じゅうに化け物の姿が見えるようになるでしょう。紙を何枚も全身に纏《まと》った、緑青色の肌をした怪物です。そして、その黒い栞が勝手に移動していることに——」

「もう結構です。いたずらにしては、少々悪趣味なんじゃないですか？」

彼女が目で合図すると、ソファーのそばに立っていた男性マネージャーが「お引き取りください」と古泉たちを楽屋から追い出し始めた。

「待ってください。本当なんです。嘘じゃない。すぐにわかると思います」

「お帰りください。まぁ、ホラー映画の企画としては面白そうでしたけどね」

屈強な身体のマネージャーが、古泉と千尋を扉へと押しやる。貧弱な古泉はされるがままだったが、千尋は小柄な身体のどこにそんな力があるのか、マネージャーと「がっぷり四つ」の状態でまだ金城に語りかけている。

「待ってください。他にもその本を読みそうな人に心当たりはありませんか？」

「いい加減にしてください。意識の高い役者なら原作に一度目を通すくらい当たり前

「うわぁっ！」

僕は叫んで本を押しのけると、四つんばいでその場を離れた。

何をされたのか、数秒遅れて理解する。

読んだ。読んでしまった。『ゆうずど』を。僕が。自分で。

「何だ、こんな本！」

蓑原は『ゆうずど』を拾い上げると、川に向かって投げた。本はバサバサと音をたて、放物線を描いて水面に落ちる。

「あ――」

と声を出しかけた拍子にこみ上げてきて、僕は雑草の生えた地面に吐いた。

「うわ、こいつ吐いたぞ！」

「雑魚《ざこ》過ぎだろ」

「きったねぇ、行こうぜ」

蓑原たちが、嫌悪感を込めた声を吐き捨てていく。自分の胃液がじわじわと地面に吸い込まれていくのを見ながら、僕はぼんやりとしていた。

「おい、だ、大丈夫か？」

駆け寄ってきた陽斗の顔は真っ青だった。僕の身に何が起きたか見ていたのだろう。

「よ――読んじゃった。『ゆうずど』を！」

大声で叫んだつもりなのに、自分の声は呆《あき》れるほど弱々しかった。

陽斗に肩を借りて、家まで歩く。途中、僕は何度か道に吐いた。急に風邪を引いてしまったみたいに寒けがして、ひどいメマイがしていた。

「だ……大丈夫だって。まだ呪われたと決まったわけじゃないだろ？」

陽斗のはげましは、気休めにもならなかった。笹岡は流し読みしただけで呪われてしまったのだ。そして僕は、数行分はしっかりと読んだ。これで呪われてなかったら、『ゆうずど』の呪いなんて最初からなかったことになる。

家に着くと、お母さんが買い物から帰っていた。涙と鼻水で顔をぐしゃぐしゃにしている僕を見て「どうしたの」と慌て始める。陽斗が「ちょっとこけちゃったんです」と下手な言い訳をしたが、お母さんは納得しなかった。

僕はもう、何もかも話したい気分だった。いじめのことも『ゆうずど』のことも全て打ち明けて、お母さんの腕の中で泣きたかった。お父さんとお母さんに助けてほしかった。

「お母さん、あの、ちょっと、僕たちを二人にしてもらえますか」

陽斗が真剣な声で言ったので、お母さんは黙った。そして、「後で絶対に話してね」と言って、心配そうに僕と陽斗を僕の部屋まで見送った。もし陽斗以外なら、そんな言葉は聞き入れなかっただろう。

ベッドに倒れ込むなり、僕は顔をおおって泣き叫んだ。

「もう終わりだ……『ゆうずど』に呪われた！」

「待てって。まだ呪われたかどうかはわかんないだろ？」

陽斗はまだそんなことを言っている。

「笹岡も死んだんだ。絶対呪われてる。僕は――し、死ぬんだ」

死ぬ。あと数日で。恐怖のあまり、気がおかしくなりそうだ。

笹岡の死に顔が頭に浮かぶ。それはいつしか、僕自身の死に顔になっていた。

ヒトヲノロワバアナフタツ――お姉ちゃんの言葉を、僕は本当の意味で理解する。

「落ち着け。落ち着けったら！」

僕の両肩をつかんで、陽斗も負けないくらいの声で叫んだ。

「俺らはまだ『ゆうずど』のことをほとんど知らないんだ。……たとえば、笹岡が呪われたのは決まったページを見たからかもしれないし、翔太が『ゆうずど』の呪いのことを知ってたから発動したのかもしれない。慌てるのはまだ早いんだよ」

僕は混乱した頭で懸命に陽斗の言葉を噛《か》み砕こうとする。まだ助かる可能性がある。

そう言われていることだけはわかった。

「とにかく落ち着こう。やけになったらおしまいだ」

陽斗は僕の背中をぽんぽんと叩《たた》いた。ひっ、ひっ、としゃっくりが漏れる。水みたいな鼻水がつーっと垂れてくる。枕元にあるティッシュで鼻をかんだとき、家のチャイムが鳴った。玄関で話す声が微《かす》かに聞こえて、階段を上る足音がした。

「……翔太？　ごめんね。あの、クラスの女の子が、忘れ物届けに来てくれたけど」

扉の向こうで、お母さんの声がそう言った。

それどころではなかったけれど、誰だろう、という疑問が先に立った。今のクラスで僕の家に来る奴なんていないし、ましてや女子なんて。忘れ物というのも心当たりがない。

「忘れ物って何ですか？」

疑問は、陽斗が代わりに訊いてくれた。

「本だけど……『ゆうずど』ってタイトルの」

僕と陽斗は、同時にお互いの顔を見た。

陽斗が扉を開くと、心配そうな顔のお母さんが立っていた。ベッドに近づいて、

「これだけど」と本を差し出す。だけど、僕は受け取ることができない。

「だ、誰から？」

「え？　えーっと、名前は言わなかったよ。『翔太くんのクラスメイトです』とだけ言ってた。髪が長くて、色白で」

長い髪。色白。そんな女子は何人か思い当たる。けれど、その中に僕の家に来るような子はいない。ましてや、川に落ちた本をわざわざ届けに来てくれるような子は。

「他に何か言ってた?」

「『もうなくさないで』って言ってたけど……どうしたの?」

「い、いや……」

僕はこわごわと本を受け取る。川に落ちたはずなのに、本は少しも濡《ぬ》れていない。

「……録画機能ってついてますか?」陽斗が言った。

それだ。僕はベッドから下りると、陽斗と競うように一階へ向かう。リビングの壁に付いているテレビドアホンを操作すると、ついさっき録画された画像が出てくる。

そこには、真っ黒な影だけが映っていた。

まるで墨で塗りつぶされたような、立体感のない影。黒い塊に、乱れた長い髪の毛が載っていることだけがわかる。——おかしい。たとえ逆光だったとしても、ここまで黒くなることはあり得ない。

「何だろう……これ」

僕がつぶやくと、横で陽斗も首をかしげた。

「うん。何で、誰もいないんだろ?」

その言葉に、僕は陽斗の横顔を見た。陽斗は「え、何?」と目をぱちくりさせている。

遅れて下りてきたお母さんも、画面を見て「あれ、誰もいないね」と首をひねる。

僕は背筋に冷たいものを感じて、本を持ったまま慌ててトイレに駆け込んだ。鍵《かぎ》を閉めて、便座に座る。外からお母さんと陽斗が「どうしたの？」と声をかけてくるが無視する。

最終章を読んで――僕は思わず、本を床に落とした。

そこに書かれていたのは、「家が火事になって、家族もろとも焼け死ぬ」という、最悪の結末だった。

七

窓の外を眺めていると、コンコンと部屋の扉がノックされた。

「……翔太、いいかな？　陽斗くんが来てくれたけど」

チャイムの音が聞こえたときから、陽斗だろうなとは思っていた。僕が「入って」と言うと、えんりょがちに扉が開いて、お母さんと陽斗の姿が見えた。陽斗はランドセルを背負っている。学校帰りに来てくれたのだろう。もうそんな時間か、と僕は思う。

お母さんは「お菓子持ってくるから」と一階に下りて、陽斗だけが部屋に入る。土と汗が混じった懐かしい匂いがした。

「ごめん。三日も引きこもってて。誰かと話したい気分じゃなくて」

「いや、いいんだ。……た、体調はどう?」

僕は静かに首を横に振った。陽斗は「そうか」とだけつぶやいて、学習机の椅子に座った。床に置かれた彼のランドセルはひどく汚れている。手で払ったようだが、よく見るとスニーカーの足跡だとわかった。

「……ごめん。僕が学校に行かないから、陽斗ばっかりがいじめられてるんだろ?」

「大したことないよ。翔太の辛《つら》さに比べれば」

陽斗は大人びた笑みを浮かべた。僕は部屋のすみの方を見る。

「……栞《しおり》は、どれくらい進んでる?」

重々しい声で、陽斗が尋ねた。

僕は黙って起き上がると、机の裏から『ゆうずど』を取り出した。

黒い栞は、今朝見たときよりもページを進めていた。

残りはあと三分の一くらい。

もうすぐ、僕は死ぬ。

『ゆうずど』に呪い殺される。

信じられないことだけど、今となっては現実だと思える。

本を渡すと、彼はそこに挟まれた栞を思い詰めた表情で見た。そして、急に本を開こうとする。僕は「ダメだ」と叫ぶと、『ゆうずど』を取り上げた。

「返してくれ！　俺も読む。翔太と同じになる」

「ダメだ。そんなの許さないぞ」

半べそをかいている陽斗に、僕はきっぱりと言った。本は布団の中に押し込む。陽斗はベッドにうつ伏せになると、声を押し殺して泣き始めた。その様子を見ていると、僕の両目からもぽろぽろと滴がこぼれだした。

「何で、何で、翔太が死ぬんだ。蓑原たちじゃなくて、翔太が」

「仕方ないよ。呪われたのは僕なんだから」

「本を貸してくれ」陽斗はバッと顔を上げた。「俺は読まない。けど、あいつらにだけは何があっても読ませる。本を開いたまま襲いかかれば、嫌でも――」

「ダメだ。そんなことして、僕みたいに返り討ちに遭ったらどうする？」

僕は、自分でも驚くほど落ち着いた声を出した。

「それより、約束してほしい。もうこの本には関わらないって。『ゆうずど』は陽斗が燃やしてくれないかな。絶対に、僕の家族が読まないように」

「翔太」

「こんな本は、あっちゃダメなんだ」

そう言って陽斗の後ろを見た。『ゆうずど』に挟まっていた、未来のいじめられっ子への手紙を思い出す。……あそこに書いてあったことは間違いだ。人を呪って、幸せになれるはずがないのに。

「……本当の本当に、呪われてるのか？」

陽斗はひざの上で拳《こぶし》を握っている。まだ信じられない、いや、信じたくないのだろう。

「うん。見えてるんだ。ずっと。今も」

「見えてる……？　何が？」

僕は答えなかった。陽斗の後ろにいるそいつをじっと見る。

最初は怖かったけど、今では風景に溶け込んでいる。

何日もお風呂《ふろ》に入っていないようなぼさぼさの黒い髪。全身に白い紙が張り付いている。手足はがりがりにやせていて、鈍い青緑色をしている。

彼あるいは彼女は、さっきから視界のすみに現れたり消えたりしていた。

「家族にも言わないのか？」

「うん。『ゆうずど』の存在を知ったら、きっと読もうとするからね。お姉ちゃんには問い詰められたけど、知らないふりした」

「でも――」

と言いかけて、陽斗は口をつぐんだ。このままではどのみち、家族全員が死ぬと言いたいのだろう。

「大丈夫。……お母さんたちを救うための秘策があるんだ」

「本当に？」

陽斗は前のめりになった。

「うん。だから、陽斗に預かってほしいものがあるんだ」

そう言って、僕は親友に向かって微笑んだ。

八

チャイムを鳴らすと、しばらくして焦げ茶色の扉が開いた。

顔を覗《のぞ》かせたのは、少しやつれた女性――翔太のお母さんだ。

「ああ、陽斗くん。ごめんね。来てくれてありがとう」

彼女は顔をくしゃっとさせて笑い、俺を招き入れた。

和室の襖《ふすま》を開けると、翔太が笑顔を見せた。

「おす、久しぶりな」

俺も自然と笑顔になった。母親に持たされたお菓子が入った紙袋を置いて、翔太の前に座る。ポケットから、さっきコンビニで買ったイジモンカードのパックを取り出すと、彼の前に置いた。

「あ、よかったねぇ翔太。何が入ってるんだろうね？」

翔太のお母さんが、優しい声で語りかける。

「新規パックです。戦士系のカードが入ってるといいんだけど」

なぁ翔太、と俺も話しかける。

白い布がかけられた祭壇。その上で、翔太が笑っている。

――遺影に写る彼の笑顔は、お母さんとそっくりだった。


藤野翔太は死んだ。

俺が、彼から遺書を受け取った翌日に。

二週間前のことだ。放課後に翔太の家に行くと、翔太のお母さんが泣きながら出てきて、俺は全てを悟った。二階に上がると、翔太は自分の部屋で首を吊《つ》っていた。

床に伏せて泣き喚く翔太のお母さんの隣で、俺は宙に浮いた翔太の顔を見た。青ざめた彼の顔は、だけど、どこかホッとしたような表情を浮かべていた。

パトカーや救急車、それから翔太のお父さんがやって来て、俺は家に帰るように言われた。俺は翔太のお父さんに「翔太の遺書」を渡して出ていくと、家に帰る途中に泣いた。帰ってからも、夜になっても、涙は止まらなかった。

翌日には小学校で緊急の全校集会が開かれて、翔太の死が知らされた。

俺は手を合わせながら、ちらりと翔太のお母さんの横顔を見た。

虚《うつ》ろな表情——だけど、この人は生きている。家も火事になっていない。

結末が訪れる前に死ぬ——それが、『ゆうずど』の呪いから逃れる唯一の方法だった。

翔太は、家族を『ゆうずど』の呪いから守るために、自ら命を絶ったのだ。

遺書を渡されたときから、彼がその手段を選ぶことはわかっていた。

けど、止めることは出来なかった。

呪いで無意味に死ぬくらいなら、自ら死を選んででも、一矢報いるべきだろう。

「……蓑原たちは、今日も来てませんでしたよ」

俺がそう言うと、翔太のお母さんは「そう」とだけつぶやいた。

「……嬉しくないんですか？」

「何で？」

「あいつらの家、めちゃくちゃでしたよ。さっきも通りかかったんです。テレビ局とか雑誌社の人たちがたくさん集まってて。壁には『ヒトゴロシ』って書かれてました。

蓑原のやつ、すっごい追い詰められてて、あっという間にガリガリにやせたって」

「どうでもいいよ」

ぴしゃりと言った。

「そんな話聞いても、全然気分は晴れないから。……ごめんね」

そう言って、さみしそうな笑みを浮かべる。

俺は黙って、翔太の写真に向き直った。……もっと喜んでくれると思っていた。

翔太の死が世間を巻き込む大きなうねりになったのは、十日ほど前からだ。きっかけは、一通の手紙だった。その手紙は、教育委員会やテレビ局、雑誌社、新聞社、市議の事務所――あらゆるところに送られ、翔太が死を選んだ理由を明らかにした。

手紙とは――「翔太の遺書」だ。

送ったのは、俺だった。

ガマン出来なかったのだ。このまま、蓑原たちが何の罰を受けることもなく生きているだなんて。

親や先生には怒られた。翔太はそんなことは望んでないと言われた。けど、あいつらは何もわかってない。翔太の無念も、俺の悔しさも。

後悔はしていない。これが俺の戦法だ。

そして、このやり方は大成功を収めている。

蓑原たちは学校に来られなくなった。じきにこの町から出ていくだろう。

翔太は、死ぬことで、俺のことも守ってくれたんだ。

『ゆうずど』は、「翔太の遺書」に書かれていたとおり、翔太の遺体と一緒に燃やされたはずだ。終わったのだ。何もかも。

「翔太の部屋、行こっか」

そう言われて、当初の目的を思い出す。翔太の形見をもらいに来たのだ。

二階に上って、翔太の部屋に入る。六畳ほどの広さに、学習机とベッド、本棚が詰まっている。部屋は生前のままだった。机の棚に押し込まれた教科書も、イルカがデザインされた青いベッドシーツも、漫画が巻数順にきちんと並んだ本棚も。

「大したものはないけど……何でも、好きなものを持ってっていいよ」

「ありがとうございます」

何をもらうかはもう決めていた。本棚の一番下、厚い辞典の外箱を引き抜く。

その中に、イジモンカードのデッキが隠れていた。

「そんなところにあったの？　棺《ひつぎ》に入れようと捜したのに」

「家に置いてくときは、いつもここに隠してたんです。レアなのもあるからって」

「そうだったの……それ、全部持っていく？」

「いえ、これだけでいいです」

選んだのは、セロテープで修復された〈サンダー・ナイト・ドラゴネス〉だった。

あの後、回収して翔太と直したのだ。

俺のポケットには、同じくセロテープまみれになった〈メタル・ナイト・ドラゴネス〉が入っている。翔太がいなくても、宝物であることには変わりない。大人になっても、おじいさんになっても、このツギハギのカードを見るたびに、彼のことを思い出すだろう。

「……あの、怒ってますか？　俺が、翔太の遺書を勝手に色んなところに送ったこと」

カードを眺めながら、俺は思い切って訊《き》いてみる。

あれは翔太のためにやったことだ。彼の無念を晴らすために。

だけど、遺族からしたら迷惑だったかもしれない。怒られるなら、親や学校の先生じゃなくて、翔太の家族に怒られたかった。

翔太のお母さんは答えなかった。少しの沈黙の後、

「怒ってないよ。――だってあれは、翔太の遺書じゃないもの」

顔を上げた。彼女は笑っていた。

笑いながら、こっちを見ていた。

「……え？」

「遺書。作ったんでしょ？　翔太のふりして」

さっきまでと変わらない優しい声。だけど決定的に違う。

部屋の空気が一変した。顔から血の気が引いていくのがわかる。

「おかしいと思ったよ。あの遺書は印字されてたけど、翔太はパソコンなんて持ってないし。筆跡でバレるのが怖かったんでしょ？」

心臓が早鐘を打つ。声がうまく出ない。

「なん、の……」

「しらばっくれようとしても無駄。あの遺書には、はっきりとおかしいところがあるの。どこかわかる？」

笑顔を貼り付けたまま、翔太のお母さんは静かに言葉を紡ぐ。

「〈剣聖・ガルガンティス〉はね、当てたんじゃなくて、買ったの。カード屋さんで、翔太の誕生日に。三千円はしたかな」

――それだけじゃなくて、物をうばわれたりもしました。苦労して当てた〈剣聖・ガルガンティス〉のレアカードもとられました。

混乱した頭で、俺は自分の失敗を悟った。

しまった――リアリティを足そうと思って書いた一文が、余計だったのだ。

「あのときの翔太、喜んでたなぁ。漫画の好きなキャラが使ってるカードで……って、陽斗くんの方が知ってるか。ずっと欲しいカードだったんだって。何度も何度も、お母さんありがとうって言ってくれた。……だからね」

忘れてるわけないの、と彼女の顔から笑みが消えた。

まだ声が出ない。引きつりを起こしたみたいに、は、は、と短い吐息だけが漏れる。

そんな俺の様子を見て、「やっぱりそうなんだ」と彼女はつぶやいた。

「言えなかったんだろうね。陽斗くんのおうちは――ごめんね、裕福じゃないでしょ？　大人がお金にモノを言わせて強いカードを手に入れるのも気に食わなかったんだって？　翔太なりに気を遣ったんだと思うよ」

「……お、俺は……」

「で、本物の遺書はどこ？　本物の在処《ありか》を知ってるから、堂々と偽物の遺書を出せたんでしょ？」

細い指を向けられる。俺は、ふるふると首を横に振った。

本物の遺書は、破って捨てた。

万が一にも、見つかるとマズいと思って。

だって、そこにはいじめのことは書かれていなかったから。ただ、家族や俺への感謝の気持ちと、死ぬことへの謝罪が書かれていた。これではダメだと思った。これでは——

蓑原たちを罰することができないではないか。

そんなのダメだ。翔太の死が無駄になる。

親友の死を無意味なものにしたくない。

だって、せっかく死ぬのに、もったいないじゃないか。

それで世間の関心を引けるのに。蓑原たちを社会的に抹殺できるのに。

「……処分したんだね。自分のために、翔太の死を利用したわけだ」

違う。利用じゃない。活用だ。翔太の死に意味を与えてやったんだ。

これが俺の戦法だ。ゴーストデッキと同じだ。

翔太のお母さんは、ジーンズのポケットから紙を取り出した。

俺が作った、「翔太の遺書」だった。

「これ、どんな気持ちで書いたの？　ねぇ。何これ？　『いじめられてごめんなさい』？　マスコミ受けしそうな言葉だね。自分で考えたの？」

皮肉に唇を歪《ゆが》ませて、彼女は笑う。

その姿はもう、俺の知っている「翔太のお母さん」ではなかった。

「『陽斗だけが、僕の味方で、救いでした』？　書いてて恥ずかしくなかったわけ？　ねぇ」

「やめろ！」

俺は叫ぶと、彼女を押しのけて扉へ走った。ドアノブをつかんで出ようとして——開かないことに気づく。鍵《かぎ》がかかっているのか。いや違う。

誰かが向こうから押さえているのだ。

扉にくっついた耳に、その人物の泣き声が聞こえた。

「うっ……く、翔太……う、うう……」

翔太のお姉ちゃんだ。泣きながら扉を押さえている。

俺が逃げられないように。


「『ゆぅずど』かぁ。懐かしいな。呪いの本なんだよね」

振り返る。彼女の手には、本があった。

どうして。燃やせと書いたはずなのに。

「あたしが小学生の頃からあった怪談だよ。……おばさんもね、曳沼小学校なんだ」

「……そんな、だって、『ゆぅずど』が発売されたのは十年くらい前だって」

俺は混乱した。翔太のお母さんの歳は知らないけど、三十歳は超えているはずで、だとしたら計算が合わない。

「さぁね。きっと、この本は昔からあるんだよ。たぶん、ずっとずっと前から」

張り付いたような笑みに、身体じゅうの毛が逆立つ。

「……お、俺よりも、こ、殺すべき相手が、いるんじゃないですか？」

声は震えていた。

「うん、あの子たちも殺す。本を読ませて、翔太と同じ目に遭わせる。何があっても」

淡々と言う。

「でも、まずはきみ。翔太の死を愚弄《ぐろう》したから。――親友だったのに」

許せない、と小さな声が聞こえた。

「お……俺が死んだら、翔太は、き、きっと悲し……」

「翔太の気持ちなんてわかんないでしょ、あんたには」

あはは、と声に出して笑う。

背中を押し付けている扉の向こうからは、ずっとすすり泣く声が聞こえている。

フローリングに靴下が滑って、尻餅《しりもち》をつく。

冷たい目が俺を見下ろしている。

彼女は『ゆうずど』を我が子のように抱えて、ゆっくりと近づいてきた。

第四章　青井克生

一

2015年3月20日（金）

「――ええか、絶対、何があっても、出てくるんやないぞ」

閉じかけた襖《ふすま》の隙間から、父の血走った目が覗《のぞ》いていた。


……××県加科《かしな》郡の北部。その山間《やまあい》にある、早霧《さぎり》村。

総人口は千人にも満たないその小さな村に、青井克生《あおいかつき》の生家はあった。

古びた日本屋敷の一室。――四方を襖で囲まれた、二十畳の和室。

出入口以外の襖には「厄除御守護《やくよけおまもり》」と書かれた御札がまるで鱗《うろこ》のようにびっしりと貼られていて、二つのシーリングライトの光が、その一枚一枚の影を明らかにしていた。

部屋の真ん中には黒褐色の座卓があり、そこにはラップで包まれたおにぎり、カップ麺《めん》、ケトル、煎餅《せんべい》やペットボトル飲料などが用意されている。部屋の隅には折りたたみ式のパーティションが立っていて、あの向こうにはポータブルトイレがあるはずだ。

全てはこの部屋で一晩過ごすための――いや。

あれから逃げ切るための備えだ。

「朝になったら教える。それ以外でも、出るタイミングはこっちから指示するからな。……途中で出てきたら命の保証が出来ん。なんぼ霊媒師の先生がおってもな」

部屋の周りからは、霊媒師がそれぞれ準備をする物音が聞こえていた。その数は何と二十人。全員、本物の霊能力者だという。だが、父を含めて誰一人として気が緩んでいる様子はなかった。それだけ危険な相手なのだと改めて感じ、克生は身震いする。

……やっぱり、とんでもない化け物なんだ。奴は。あいつは。

かい、
ゆうずどは。

――一人で生きて、一人で死ね

ボーン……と、午後八時を告げる時計の音が家に響いた。その音に驚いたのか、隣に立つ妻の肩がびくっと跳ねる。彼女は悲しげに睫毛《まつげ》を伏せながら、寒さに凍えるかのように自らの腕を抱いていた。——グレーのマタニティワンピースにミルク色のカーディガンを羽織った身体は、小刻みに震えている。茶色い前髪の奥にある顔は紙のように白い。

「……大丈夫だから」

克生は、そっと妻の手を取った。彼女は、まるで初めてそこに夫がいると気づいたかのように驚いた表情を浮かべて、微《かす》かに頷《うなず》いた。

「時間や。……閉めるで」

父——壮平《そうへい》が言い、二枚の襖はゆっくりと近づいて——閉じられた。克生は、口を閉じた襖を未練がましく見つめていた。まだ父と交わすべき言葉があるような気がしたのだ。もしかしたら、もう二度と会えないかもしれない。

……いや、考えるな。必ず生きてここを出るんだ。

克生が振り返ると同時に、妻も目線を上げた。

「克生……」

「……大丈夫。里美《さとみ》のことは、僕が何をしても守るから」

すると、彼女はやんわりと首を横に振った。

「だめ。私に何かあったら、克生だけでも逃げて」

「そんなこと……」

「だって、呪いの順番があるんでしょ？　ゆうずどが先に呪い殺すのは私で……次に克生。だったら、私がやられた時点で、克生は逃げて。……私がやられてる間に」

「でも、そしたら赤ちゃんは――」

そう言いかけて、克生は言葉を呑《の》み込んだ。彼女の大きな瞳《ひとみ》が、照明の光を反射してきらりと光る。結婚指輪をつけた左手が、臨月を迎えたお腹をそっと撫《な》でている。その動きはいつもよりぎこちない。

彼女はすでに覚悟を決めているのだ。お腹の男の子と、心中する覚悟を。

やがて、二十人の霊媒師による読経のような呪文《じゅもん》の声が、襖越しに聞こえ始めた。事前に打ち合わせたとおりだ。ついに始まったのだ。

ゆうずどとの、命を懸けた一晩の籠城《ろうじょう》戦が。

呪文と、御札。それが、ゆうずどをこの部屋に入れないための防護壁となると霊媒師たちは言っていた。にわかには信じられないが、ここまできたら信じるしかない。

和室の中を見回しながら、思ってしまう。――小説と似ているな、と。

馬鹿な。克生は、激しくかぶりを振った。夢とも小説とも、全然違うじゃないか。ここは明るいし、よく見れば細部も違う。

何より――一人じゃない。

「克生……来て」

いつの間にか座卓のそばに座っていた彼女が、外の声にかき消されそうな声で言った。克生はそのそばに寄り、小さな肩を抱く。膨らんだお腹に触れている白い手に、自分の手を重ねた。

座卓の上には、一冊の本が置かれていた。カバーのついていない古い本。茶色い表紙には『ゆうずど』という題名があるだけで、作者名も出版社名も書かれていない。

黒い栞《しおり》が挟まれているページを開く。

結末まで、残りあと9ページしかない。

約一か月半かけて、タイムリミットはじわじわと近づいてきていた。

守らなければ。……この人と、この子だけは、絶対に。

妻のつむじに頬を寄せながら、克生は父の言葉を思い出していた。

二

――一人で生きて、一人で死ね

幼い頃から、父は口癖のようにそう言った。

小学校二年生くらいのときのことだ。仲の良い女の子がいて、手紙をもらった。そこには「おとなになったらけっこんしようね　さとみ」と書かれていて、克生は嬉《うれ》しくて父に見せびらかした。

父は無言で手紙を取り上げると、鬼の形相になり、それを破り捨てた。

そして言ったのだ。——克生、お前は一人で生きて、一人で死ね、と。

それからも、父は「一人で生きろ」と何度も言い聞かせてきた。要するに、結婚だけはするなと言いたいらしい。

中学生になって、なぜそんなことを言うのかと訊《き》くと、

「——お前はな、誰かと一緒に幸せになんかなれへんのや」

中学を卒業すると同時に、克生は実家を出た。村に高校はなかったし、何より、中学に入ってからというもの、父との確執は決定的なものになっていた。生き方を押し付けてくる父とは、これ以上一緒には暮らせないと思った。

居候を許してくれたのは、叔母《おば》夫婦だった。専業主婦の父の妹と、出版社に勤めるその夫。彼らに援助してもらいながら、都市部の高校に通った。

高校時代は中学と同じく、一言で言えば「冴《さ》えない」ものだった。元々内向的な性格の上に、山の村から出てきたという引け目があるせいか、ろくに友達も出来なかっ

た。

誰かといると、ふいに父の言葉が蘇《よみがえ》った。すると、何だか悪いことをしているような気持ちになって、途端に相手を突き放してしまうのだ。

——一人で生きて、一人で死ね

……僕は、一人でいなくちゃいけない。

それは、父に与えられた呪いだった。

小さい頃から「一人で生きろ」とことあるごとに言い聞かされてきたせいで、結婚はおろか、他人と一緒に過ごすことにすら抵抗を感じるようになった。もちろん、彼女など出来るはずもなく、灰色の学校生活を送った。

高校三年生の夏、叔母夫婦から、卒業したら村に戻るよう言われた。どうやら、三年だけという条件で父は家を出ることを許可していたらしい。またあの父と暮らすことに強い拒否感を抱くと共に、どうしてそこまで一人息子を手許《てもと》に置きたがるのか、不気味だった。

克生は村に帰る気はないと告げ、叔母夫婦の家を出た。

大学には行かず、運送会社で働き始めた。小さな会社だったが、住むところのない克生に期限付きで社宅を貸してくれるなど、良くしてくれた。

それから三年余りが経って——二十一歳のとき、彼女と出会った。

あのときのことは、今でも鮮明に憶《おぼ》えている。

ある夏の日。銭湯の帰り道に、夕立に降られた。——濡《ぬ》れた土の匂いと、雨粒がアスファルトを叩《たた》く音。見上げると、積乱雲の隙間に太陽が見えている。

慌てて煙草屋の軒先に避難すると、先客がいた。

可愛らしい女性だった。ブルーストライプのシャツワンピースに、白いサンダル。

茶色い髪が濡れて、亜麻色の光沢を放っている。彼女は髪を耳にかけると、照れたように微笑んだ。曇天の下、白い肌がやたら眩《まぶ》しかったのを憶えている。

先に話しかけてきたのは、あろうことか、彼女の方だった。

「こんにちは。……雨、すごいですね」

「えっ。あ、はぁ、そうですね」

「何だか、作り物の雨みたいですよね。ほら、映画とかドラマの撮影用みたいな」

クスクスと無邪気に笑う彼女に、克生の胸は締め付けられた。

彼女の言うとおり、午後の陽射しと共に降り注ぐ雨は、どこか作り物めいていた。

会話はそれで途切れてしまう。すると、隣から細い溜《た》め息が聞こえた。たったそれだけのことで、胸の内が掻《か》き乱される。チラリと横を見ると、彼女は手首に巻いた時計を眺めていた。それを見て、この雨の中を走り出したい衝動に駆られる。

何か、気の利いたことが言えたら……。

「……実は、あなたが見えたとき、ここに来ないかなーって思ったんです」

「えっ？　な、何で」

「ここ、結構人通りが多いでしょ？　だから、仲間が来ないかなって。……一人だと恥ずかしいけど、二人なら平気だから」

いたずらっぽく笑う彼女を見て、口が勝手に動いていた。

「ぼ――僕、傘買ってきます」

「えっ？」

目をぱちくりさせる彼女を置いて、克生は雨の中を走り出した。

近くのコンビニに駆け込んで、ビニール傘を買う。レジに並んでいると、後ろの女子高生二人が「あんなに濡れてたらもういらねーだろ」と笑う声がした。

コンビニを出ると、雨が弱まり始めていた。克生は慌てて煙草屋に向かって走る。せめて完全に降り止む前なら恰好《かっこう》がつく――と思ったが、雨は蛇口を閉めたように止んでしまった。

半ば諦《あきら》めかけていたが、彼女はまだ煙草屋にいた。

すっかり晴れた空を見上げていた彼女は、克生を見つけると、にっこりと微笑んだ。

「ま……待っててくれたんですか？」

「はい」

彼女の笑顔は、雨露に濡れた紫陽花《あじさい》のように輝いていた。

「でも、もう雨は止んだのに」

「だって、私のために買ってきてくれたんでしょ?……でも、相合傘はちょっと、恥ずかしいかも」

彼女が頬を赤くし、克生は自分が傘を一本しか買っていないことに気づいた。

彼女の名前が「二ノ宮里美」《に》《みや》だと知ったとき、克生は、昔手紙をくれた女の子のことを思い出した。もちろん、本人ではない。けれど、人生で唯一自分と「結婚したい」と言ってくれた女の子と名前が一緒だったことに、克生は「運命」と呼ばれるものを感じずにはいられなかった。

里美は、ハッとするような美人ではなかったが、常にニコニコと笑っていて、愛嬌《あいきょう》があった。人懐っこく、誰に対しても優しい——それゆえ、自分なんかにも親切にしてくれるのだと思っていた。

だから、里美が告白を受け容《い》れてくれたとき、克生は人生で一番驚いた。

出会って約一年後の告白だった。本当は、もっと以前から想いを伝えたいと思っていたが、そのたびに父の言葉がちらついたのだ。

そんな呪縛《じゆばく》から解き放ってくれたのが、彼女だった。

——一人で生きて、一人で死ね

三

ボーン、ボーン……。

気怠《けだる》い時計の鐘の音が、どこかの部屋から響いた。腕時計を見ると、午後九時だ。この部屋に入ってから、一時間が経過したことになる。

まだたったの一時間か！——克生は、げんなりした。部屋にテレビやラジオはなく、スマートフォンの持ち込みも禁止されていた。人工的な電波が結界を阻害する上に、下手したら電波がゆうずどの通り道になるかもしれない——というよくわからない理屈だった。

眠ってしまえば楽なのだが、それも許されなかった。結界の効力を確かなものにするために、内部にいる克生たちが呪文を聞いていることが必要だと言われたからだ。これも理屈はさっぱりわからないが、従う他なかった。

「……大丈夫？　ちょっとは、楽になった？」

克生は、里美の腰を押しながら言った。並んだ座布団の上に寝転んだ里美は、

「うん……ちょっと楽……」

ニッコリと笑ったが、その顔にはじっとりと汗が滲《にじ》んでいた。三十分ほど前からお腹が張り始め、ちょっとずつ痛みが強くなっているという。

予定日は二週間先だが、いつ生まれてもおかしくない。克生にできるのは、今夜だけは勘弁してくれと祈ることだけだった。

「……克生が小さいときに閉じ込められたのも、この部屋だったの？」

里美が言った。しゃべっている方が、気が紛れるのだろう。

「うん。……夢でみる景色とは、少し違うけど」

それは、克生が小さい頃からよくみる悪夢の話だ。

四方を襖《ふすま》で囲まれた、御札まみれの和室──だが、夢の中では、照明は二つのシーリングライトではなく、たった一つの白熱球だ。そのせいで全体的に薄暗く、天井も畳も古びて見える。

座卓もトイレもない──何もない部屋に、幼い克生だけがいる。あれは、小学校一年生くらいだろうか。部屋の隅で恐怖と心細さに震えながら、父が襖を開けてくれるのをひたすら待っている。自ら出ようとしないのは、「絶対に出て来るな」と父に恐ろしい顔で言われたからだ。

電球がジジッ……と点滅する。
肌を舐《な》めるような生暖かい空気が部屋に沈殿していく。
部屋の外からは、何人もの人間が呪文を唱える声が聞こえる。
父の声が、部屋の中に響く。
──克生、お前は一人で生きて、一人で死ね
見ると、天井の木目が歪《ゆが》み、父の怒った顔に変わっていく。
──ええか。お前は一人きりや。ずっと、一生、一人で過ごすんやぁああ
目と口の部分が大きな黒い穴となる。
そこで克生は、いつも目を覚ますのだ。

「あの悪夢は、実際の記憶を基にしてたんだ」
そうだ。僕は一度、十八年前、この部屋に閉じ込められた。今と同じ理由で。
呪いから──ゆうずどから逃れるために。
そのときに呪われていたのは、父だ。
そして、父はゆうずどから逃げ切った。
ゆうずどとの一晩の籠城戦を制したのだ。
だから、僕はこの村に戻ってきた。

マッサージする手を止め、克生は、座卓の本を開いた。

黒い栞《しおり》は、最後から数えて、7ページ目と6ページ目の間にあった。……一時間で2ページ進んでいる計算だ。ということは、あと三、四時間でゆうずどがやってくる。

いや、来られるはずがない。そのために、二十人もの霊媒師を呼んだのだ。

十八年前に、父はこの方法でゆうずどを退けた。

だから、今回も大丈夫なはずだ。

そのはずなのに——恐ろしい予感が止まらないのはなぜだ？

何かを見逃している。そんな気がしてならない。

寝転んだまま、里美が振り返る。克生は笑顔を取り繕い、マッサージに戻った。

「……克生？　どうしたの？」

……大丈夫だ。何も心配することはない。

何もかもうまくいっている。

元の姿勢に戻った里美が、赤ちゃんの機嫌を取るようにお腹を撫《な》でている。今夜一晩を乗り切れば、親子三人で暮らせるのだ。

克生は目を閉じると、幸せな頃を思い出そうとした。……出会い、プロポーズ、そして二人での暮らし——

だが、つい頭をよぎるのは——呪いのページが開かれた、あの日のことだ。

四

交際を始めて一年後に、里美が妊娠した。

里美から報告を受けたその日に、克生はプロポーズをした。もう自分の人生には、里美しかいないと思った。

喜んでくれるかと思いきや——彼女の表情は曇った。

「里美……？」

「嬉しいよ。私も、克生と結婚したい。……でも、不安なの」

里美は孤児だった。まだ赤ん坊の頃に両親に捨てられ、施設で育てられたという。自分は本当の家族を知らない、自信がない、と彼女はこぼした。

「そんなの……不安がってたって、仕方ないだろ？　大丈夫、僕と里美なら」

「わかってる。克生となら心配ないって思う。でも、あなたのお父さんのこともあるでしょ？」

父の呪縛のことは、ずいぶん前に話していた。

「私……お義父さんにも祝福してもらいたい。結婚のことも、子供のことも。じゃないと、お腹の子がかわいそう。この子には、みんなに望まれて生きてほしいの」

里美の気持ちは理解出来た。いつか、父と和解出来たら――心の片隅でくすぶっていた気持ちが膨らんでいくのを感じる。あるいは、父親になるという事実がそうさせたのかもしれない。この世界のどこかに、里美と赤ちゃんの存在を否定する人間が――ましてや肉親にいるなど、耐え難いことだと思えてきたのだ。

「……わかった。結婚は、父さんに会って話してからだ。けど、たとえ父さんが許さなくても、僕は里美と結婚するつもりだからね」

克生がそう言うと、里美は泣き笑いの表情を見せた。


二月の初旬――2LDKの克生のアパート。リビングの向こうには細長いベランダがあって、そこから河川敷が見えた。今は寒々しく枯れ木が並んでいるだけだが、春には桜並木になる。これからは家族三人で見られるようになるのだと思うと、虚ろな季節にも意味があったように思えた。

窓際では、里美が妊娠八か月のお腹を撫でながら、本を読んでいる。

「冷えるよ。もっと中においで」

克生が声をかけると、里美は頷いて、リビングのソファーに戻った。

「早くもっと壁の厚い家に引っ越さないとね」

「でも、好きなんだけどな。この景色」

本当はもっと早くに引っ越すつもりだった。けれど、里美の体調不良や克生の仕事の都合で、未だ実行出来ずにいる。

だが、それよりも気になるのは、まだ父に里美を会わせられていないことだった。

「……今週末、うちの実家にあいさつに行こうか。里美の体調が良ければ、だけど」

「私は良いけど……克生は大丈夫？　ずっと連絡取ってないんでしょ？」

高校を卒業した直後は何度も父から電話が来ていたが、ずっと無視していると、あるときピタリと止まった。今更連絡して「結婚する、子供も出来た」などと伝えれば何を言われるかわからないが——子供じゃあるまいし、いつまでも怖がっているわけにもいかないだろう。

意を決して携帯電話を取り出したとき、ふと、里美の手にある本が気になった。

「……それ、何読んでんの？」

「ん？　えーと、『ゆうずど』だって。克生の本棚にあったけど」

本棚に？　だが、知らない本だった。克生はそれを受け取ると、しげしげと眺めた。

——薄汚れた古い本だ。カバーはついていない。薄茶色の表紙には、題名しか書かれていなかった。

パラパラと中身を見る。ページは黄ばんでいて、黴《かび》臭い匂いがした。

はらりと本の間から何かが落ちる。栞だ。

やや厚い紙で出来た、海苔《のり》のように真っ黒な栞。

「何だろ、知らない本だよ」

いったいどこで紛れ込んだのだろう。里美以外の人を家に入れたことはないので、誰かの忘れ物という線は薄い。何となく気味が悪く、里美に断って、翌日の古紙回収に出した。

だが、翌日、家に帰ると、本は玄関扉に立てかけられていた。

「これ、玄関にあったんだけど……」

台所でビーフシチューを煮込んでいる里美に言うと、彼女は目を丸くした。

「あれ、捨てたんじゃなかったの？」

「いや、捨てたんだよ。けど、戻ってきてて」

克生は、首を捻《ひね》った。回収できないということで戻されたのだろうか。でも、うちが捨てたとはわからないはずだ。……誰かが見ていた？　それにしても無言で突き返すことはないのに。だいいち、古紙回収の日に古本を出して何が悪いというのだろう。いたずらじゃない？　と里美が言い、このときはそれで終わった。

まだわかっていなかったのだ。悪夢が始まった――いや、よみがえったのだと。

本は、何度捨てても戻ってきた。

どこに捨てても、その夜、あるいは翌日には手許《てもと》に返ってきてしまうのだ。

まるで、「呪いの本」であるかのように。


変なものが見える、と里美が言い出したのは、本を見つけてから三日目のことだ。

家に一人でいると、部屋の隅に、トイレの中に、それが立っているのだという。

「髪が長くて……こう、全身、御札みたいな紙で覆われてて……」

説明されても、にわかには信じられなかった。自分にはそんなものは見えていない。

環境の変化、そして妊娠のストレス——それによる幻覚だと思っていた。

ある日、克生が仕事から帰ると、里美が薄暗い部屋の中、青い顔をして座っていた。

そばにあるテーブルには、今朝、駅のゴミ箱に捨てたはずの『ゆうずど』がある。

訊《き》くと、好奇心に負け、本を最後まで読んでしまったという。

「……最後の章、主人公が、私だったの」

「……え?」

「だから、最終章の主人公の名前が、『アオイサトミ』だったの」

そう涙目で訴える。克生は意味がわからず、ただ里美の細い身体を抱き締めた。

「ただの偶然だって。別に珍しい名前じゃないし」

「本の中で、私は電車に轢《ひ》かれて死ぬって……たくさんの肉片になって、線路は血の海で、生首はホームに転がってって……」

「それは、里美じゃなくて、本の中の『青井里美』の話だよ」

「……でも、何だか、私自身の未来を予知されてるみたいで……怖くて」

そう言って、子供のように泣き始めた。

小説の中で描かれていたとおりだ——ついそう思ってしまい、余計な考えを振り払おうとする。

珍しいことだが、あり得ないことじゃない。

何度そう言っても、里美は泣き止まなかった。

克生は、里美を胸に抱きながら、テーブルにある『ゆうずど』を手に取った。いったい、この本は何なのだろう。どういう理屈で、捨てても捨てても戻ってくるのか。その怪奇現象さえなければ、里美だってここまで過敏な反応はしなかっただろうに。

片手でページをめくって、最終章を読もうとする。

開いたページを見て、克生は思わず目を剝《む》いた。

主人公の名前は——「アオイカツキ」。

……どういうことだ？　里美は、自分の名前が書かれているって——

克生は、最終章を頭から読んでみた。……ストーリーらしきストーリーはない。ただ年齢不詳の男が、たった一人で暗い和室に閉じ込められて嘆いているだけの小説だ。どうやら午前零時がタイムリミットらしく、時間が進むにつれ、男はさらに追い詰められていく。

閉じ込められていることが恐ろしい、しかし、外に出るのも怖い――

葛藤の中で、男はどうしていいかわからず、何を信じていいかもわからなくなる。ほとんど支離滅裂と言える文章なのに、息が詰まるような恐怖と絶望が伝わってくる。――違う。これは、僕の夢の話だ。まさしくあの悪夢を描いているのだ。

そして、最後の一文を読んで、克生は息を呑んだ。

そこには、克生がもっとも恐れるべき結末が記されていたのだ。

――アオイカツキは死の瞬間、この世にいない妻と子の顔を思い浮かべた。

五

呪文《じゅもん》を唱える声は、絶え間なく聞こえていた。

まるでテープに録音されたかのように繰り返される抑揚のない旋律。それは催眠術のように、猛烈に眠気を誘った。ここ数日はろくに眠れていないことも手伝って、瞼《まぶた》がずっしりと重い。……これでも寝てはいけないのか。籠城《ろうじょう》戦の一番の敵は、ゆうずどではなく、この声ではないかという気がしてくる。

眠気に抗するために、さっきから克生は立ったまま時間を過ごしていた。里美はテーブルのそばに座って動かない。眠っているのかと思いきや、時折顔を撫《な》でたり、脚を直したりしているので、彼女も必死に睡魔に抗《あらが》っているのだろう。

腕時計を見ると、十時を過ぎている。時計の鐘の音は鳴ったのだろうか。眠気で意識が朦朧《もうろう》として、聞き逃してしまったらしい。

克生は、『ゆうずど』を開いた。やはり、黒い栞《しおり》は移動していた。

最後から5ページ目と4ページ目の間。……計算どおりだ。

このペースなら、最後のページにたどり着くのは、十二時頃になるだろう。

あと二時間で、ゆうずどが来る――

時計の針は、刻一刻と時を刻んでいる。胸の内には、タイムリミットが迫ることへの恐怖と、「この騒ぎが早く終わってほしい」という気持ちとが混在していた。

しかし、十二時を過ぎたとしても、朝まではこの部屋で過ごさなければならない。

――克生はふと、昔見た「牡丹灯籠《ぼたんどうろう》」を基にしたアニメを思い出した。

江戸《えど》時代、ある浪人が「お露《つゆ》」の怨霊《おんりょう》から逃れようと家じゅうに御札を貼り、「夜

が明けるまで決して出てはならない」と修験者に言われる。家の周りをぐるぐると回りながら、悲しげに呼びかけてくるお露の霊。浪人は何とか耐え忍び、家の木の板の隙間から朝陽が射したところで外に出た。

しかし、それはお露の罠《わな》だった――

つまり、決して油断してはならないということだ。

父から呼びかけがあるまでは、何があっても、ここからは出てはいけない。

しかし、本当にこのままでいいのだろうか。

やはり、何かを忘れている……いや、考えまいとしている、と言った方が良いか。

僕は、ある可能性に気づきつつも、それから目を逸《そ》らし続けている。

……馬鹿な。克生は、眠気覚ましついでに頭を横に振った。何も問題はない。霊媒師の一人も言っていたではないか。

約二時間前。この部屋に閉じ籠《こも》る前に、でっぷりと太った、法衣《ほうえ》を着た男が言った。

――ご安心ください。我々が作る結界は何物も決して通しません。

――ゆうずどが我々に気づかれずに結界内に入ることなど、絶対に不可能です。

彼は、十八年前の、父とゆうずどとの戦いにも参加したらしい。

実績があるのだ。これ以上の説得力はないだろう。

克生は、ふっと笑った。「決して」「絶対に」……そんな強い言葉を聞いたから、却《かえ》って不安になっているのだろう。安心しろ。彼らにとっては、単なる自信と経験に裏打ちされた言葉だ。自分たちを安心させるためにああ言ったのであって、そのせいで不安になっているのでは本末転倒だ。

それに、と思い出す。この早霧村に来た理由は、父と、彼が擁する霊媒師団による助けを得られるからというだけではない。

それは、里美に与えられた結末にあった。

彼女の最期は、「電車に轢かれて死ぬ」というもの。

だが、ここ早霧村には、線路は走っていない。

つまり、ゆうずどが望んだ結末を迎えるための環境が、この村にはないのだ。

これなら化け物もお手上げだろう。

そのとき、ううう、と苦しげな声が聞こえた。

見ると、里美が座卓に額をつけ、肩で息をしていた。しまった。考え事に夢中になっていたらしい。克生は慌てて里美のそばに駆け寄ると、彼女の上半身を起こした。

里美の顔は汗にまみれて、髪が何本も頬に張り付いていた。薄く開かれた目は虚《うつ》ろで、熱に浮かされているかのように息も絶え絶えだ。

「どうした、大丈夫？」

「ごめ、ん……何か、張りが強くなってきて……っ」

言い終えることも出来ず、「ううっ……」とお腹を押さえる。

まさかと思い、克生は、顔が青ざめていくのを自覚した。

「う……生まれそうなの？」

「……わかんない。ただ張ってるだけかも。だったら、時間が経てば治まると思うんだけど……」

そうであってくれ、と克生は願った。いくら何でも、ここで産むわけにはいかない。

普通に考えれば、今すぐにこの部屋を飛び出して病院に連れて行くべきなのだろうが、今は異常事態だ。ゆうずどの呪いから逃れるために、ここを出るわけにはいかない。

だが、里美とお腹の子のことを考えれば――

「……もし、生まれるようなら、ここを出よう。病院に連れて行くから」

克生がそう告げると、里美は、首を横に振った。

「何言ってるの……？　ダメだよ。そんなことしたら、みんなの努力が、水の泡になっちゃう。ゆうずどを追い払うまでは、絶対にここにいなきゃダメ」

「でも」

「私が我慢するから。大丈夫、絶対、今夜だけは産まないようにする。……この子もきっと、わかってくれるよ。私と克生の子だもん」

そう言って、ニッコリと笑う。

……いつもそうだ。どんなに辛《つら》くても、里美は平気そうに笑っている。

そんな彼女だからこそ、自分を父の言葉から解き放ってくれたのだ。

「……わかった。けど、無理だけはしないでくれ。僕が何とかするから」

「うん……ありがとう」

腕の中の彼女は、微笑みを崩そうとしない。どれだけの苦しみなのか、克生には永遠に理解することは出来ないが、きっとこんな風に笑っていられるものではないはずだ。

そう考えると、愛《いと》しさよりも、切なさが立った。自分は、この人を支えているつもりで、支えられているのだ。

何とかするとは言ったものの、妙案は浮かんでいない。

克生に出来ることは、生まれてこないように祈ることだけだった。

六

『ゆうずど』を読んでから一か月。里美は寝込んでしまった。

食事はろくに摂《と》らなくなり、口数はめっきり減った。たまにしゃべったかと思えば、「化け物がいる」『ゆうずど』に呪われた」とうわ言のように繰り返す。

それは事実なのだろう。彼女は呪われたのだ。

あの本に。『ゆうずど』に。

信じられないが、そうとしか思えない。

ネットで調べてみると、『ゆうずど』を読むと呪われてしまい、本の結末どおりの死を迎えると書かれていた。以前なら、馬鹿馬鹿しいと一蹴していただろう。……最終章の主人公の名前が、自分のものになっていなければ。

つまり——呪われたのは克生も同じなのだ。

わからないのは、なぜ里美には化け物の姿が見えて、自分には見えないのか、という点だ。もしかしたら、本を読む以外に呪いが発動する条件があるのかもしれないが、そんなことはどうでもいい。

問題は、どうすれば里美にかけられた呪いが解けるのか——だ。

ネットにはその方法がなかなか書かれていなかったし、あってもデタラメだった。

おかげで無駄に時間を浪費してしまった。どうしたものかと考えているうちに、叔父《おじ》——佐久間《さくま》宗次《そうじ》の存在を思い出した。

宗次は、出版社で編集者をやっている。

もしかしたら、『ゆうずど』について何か知っているかもしれない。

だが、叔父夫婦の家を飛び出してから、すでに六年以上が経っていた。今更連絡して助けを乞《こ》うというのは、あまりに身勝手ではないか。そうも考えたが、里美の命には代えられない。

克生は、リビングの隣の和室で、こちらに背を向けて寝ている里美を見た。今は午後の三時で、昼ご飯も食べずにずっと眠っている。妙なものさえ見えなくなれば、また元気な彼女に戻るはずだ。

番号が変わっていないことを祈りながらかけると、叔父はあっさりと電話に出た。

「もしもし――克生くんかっ？」

懐かしい声に、思わず頬が緩んだ。

「あ……お、お久しぶりです。すみません、ご無沙汰《ぶさた》してて」

克生は、叔父の家を出てからのことをかいつまんで話した。

「――そっか。とにかく元気で良かったよ。そうかぁ、結婚するのか。その上、子供まで。いや、本当《ほんと》おめでとう！」

嬉《うれ》しそうな叔父の声を聞いて、克生はちくりと胸が痛んだ。高校卒業のとき、逃げるように夫婦の許《もと》から離れたことを思い出す。あのときは「村に帰れ」と言われて、彼らを父の手先のように感じていたのだ。

「彼女さんに一度会ってみたいな。暖かくなったらみんなでご飯でも——」

「あの、叔父さん、訊きたいことがあって……『ゆうずど』って知ってますか？」

強引に話題を変えたが、叔父は気にした様子もなかった。

「『ゆうずど』？　ああ、知ってるよ。キタガワリサだっけ。角川ホラー文庫から出されたって噂の」

「キタガワリサ？」

「作者の名前だよ。鬼が多いに、さんずいの方の河。それと、ひらがなでりさ」

克生は、興奮を感じた。鬼多河りさ——その人物なら、呪いのことも知っているはずだ。きっと、解き方についても。

「あの……その鬼多河さんって、会わせてもらうことはできないですか？　どうしても訊きたいことがあって」

「え、そりゃあ無理だよ。結局、鬼多河りさの正体はわからずじまいだったんだから」

「……え？」

「言っただろ、『ゆうずど』は角川ホラー文庫から出されたって噂だけど、実際は違う。編集部が否定してるんだ。奥付では一九九九年の十月に出版したことになってるけど、そんな記録はないし、鬼多河りさって人物を知ってる編集者もいないって」

「……どういうことですか？」

「つまり……鬼多河りさは、偽の角川ホラー文庫の小説を作って、全国の書店に勝手に置いたんだ。おかげで、書店から出版社に『配本リストにない本がある』って問い合わせが何度か来ていたらしいよ」

「全国の書店って……そんなこと出来ますか？」

「出来ないだろうね。だから、組織的ないたずらってことになったんじゃなかったかな。そんなことをする目的もわからないけど」

いよいよ得体が知れなくなってきて、克生は目の前の本を見ながら言葉を失った。

……偽の本を作った？　何のために、そんなことを。

いや、目的は一つしかない。……呪いの拡散だ。

そいつ――恐らく鬼多河りさは、『ゆうずど』という呪いの本を作り、歪《ゆが》んだ思想の下、不特定多数の人間に呪いをかけようとしたのではないか。

より多くの人の手に渡るように、角川ホラー文庫の名前まで利用して。

そしてその悪意に、自分と里美は巻き込まれてしまった……。

「……叔父さん、すみません、角川ホラー文庫の人と話すことって、出来ないですか？」

「え？　それは……どうかな。編集者って忙しいからね」

「お願いします。どうしても直接訊きたいんです。少しだけでいいので……」

宗次は渋っていたが、久しぶりに頼ってきた甥《おい》の願いを叶《かな》えてやりたいと思ったのだろう。一旦《いったん》電話を切ると、五分ほどしてかけ直してきた。

「ちょっとだけなら良いって。向こうに克生くんの番号伝えてあるから、ちょっとしたら電話がかかってくると思うよ」

半ばダメ元だったが、まさか承諾してもらえるとは。克生はお礼を言うと、近いうちに里美を紹介すると言って、通話を切った。

スマートフォンが震えたのは、その直後だった。


「——初めまして。KADOKAWAのイチジと言います」

受話口から聞こえた声は、落ち着いた女性のものだった。声の向こうには、車の走行音や、街に流れるBGMが聞こえる。どうやら移動中らしい。克生は簡単に自己紹介をしてから突然の依頼を詫《わ》びると、すぐに本題に入ろうとした。

「あの、お尋ねしたいのは『ゆうずど』のことなんですが——」

「呪いの解き方ですか？」

「えっ」

不意打ちに言葉が途切れる。「信号が青になりました」という機械音声が聞こえ、大勢の人が歩き出す足音がした。

「どうして……」

「たまーにですけど、そういう問い合わせが来るんです。『ゆうずど』を読んだら呪われた、お前のところの商品だろ、責任を取れ、呪いを解けって……でも、その本と弊社は、何の関係もないんです。会社内のシステムにも一切刊行された記録は残っていません。──なので、呪いの解き方はわかりません」

イチジ氏の口調は、同情的であると同時に、辟易《へきえき》もしていた。

「じゃ、じゃあ、鬼多河りさについては」

「そんな人物のことは知りませんし、会ったこともありません」

克生は、落胆した。もしかしたらと思った矢先に、希望は潰えてしまった。

ふと疑問が湧く。

「あの……角川ホラー文庫って、文庫以外も扱ってるんでしょうか?」

「え? いえ、文庫だけですが」

克生は、手許にある『ゆうずど』を見た。その大きさは、明らかにB6サイズだ。

表紙にも奥付にも、角川ホラー文庫の記載はない。

これは──宗次やイチジ氏が話している『ゆうずど』とは、別物ではないか。

「あの……どうされましたか?」

「……あの、『ゆうずど』って他にもサイズがあるんでしょうか? たとえば、単行本くらいのサイズとか」

「さぁ……わかりません。弊社で扱っている商品ではないので。あの、もうよろしいでしょうか？　佐久間さんにはお世話になっていますが、これ以上お話しすることは」

「ま、待ってください。他に『ゆうずど』について知っていることはありませんか？　何でもいいんです」

「……同僚に『ゆうずど』を読んだ人がいましたが、妙なものが見えるって言ってました。けど、本を読んでも何ともなかった人もいます。私もそうですから」

「イチジさんも読んだんですか？」

「と言っても、十五年くらい前の話です。たまたま行きつけの本屋さんで見つけてレジに持っていったら、店員さんが『在庫登録されてない』って不思議がってて……小さなお店だったので、そのままくれたんですけど」

「一度も変なものを見たことはないですか？　紙だらけの化け物とか——」

「同僚も同じことを言ってましたよ」

「そ、その人の連絡先を教えてもらえませんか？」

「それは出来ません。……二か月前に亡くなりましたので」

克生が呆気にとられていると、これで失礼します、と通話は切られた。

力なくスマートフォンを放り出すと、克生は後ろにある和室を振り返った。

里美はいつの間にか仰向《あおむ》けになって、穏やかな寝息をたてている。子供のような寝顔と、盛り上がったお腹――生きる活力を与えてくれていたそれらが、このときばかりは逆に、無力感を刺激する。

どうすればいい。そう頭を抱えた瞬間、また着信があった。

イチジ氏かと思いきや、違った。表示されている名前は「晶子《あきこ》おばさん」。宗次の妻で、父の妹だ。宗次に電話したことが伝わったのだろうか。

通話ボタンを押すや否や、怒鳴り声が響いた。

「ちょっと克生くん！　あんた、結婚するってほんまなん？」

懐かしい叔母《おば》の声だ。

「そ、そうだけど、何で」

「さっき宗次さんから聞いたよ。あれだけ兄ちゃんがダメって言うてたのに、しかも妊娠してるって……」

はぁ、と溜《た》め息が聞こえて、克生はムッとした。甥が結婚したというのに、「おめでとう」の一言もないのか。

「関係ないだろ、僕の人生なんだから」

「『ゆうずど』のことを訊いたやってね。もしかして、本が手許《てもと》にあるんやないの？」

図星を突かれて、克生は黙った。受話口の向こうで晶子が「やっぱりね」と再び溜め息を吐く。それはやけに深刻な響きを帯びていた。

「……黒い栞《しおり》は、今どこにある？」

短い沈黙の末、晶子が言った。

「栞？」

「本に栞が挟んであるでしょ？　今、本のどの辺にある？」

「そんなこと訊いてどうするんだよ？」

「いいから！　本を読んだのはいつで、今あと何ページ残ってるか教えて！」

差し迫った口調で言われ、慌てて質問に答えた。里美が動かしたのか、栞は最後辺りに近づいている。あと20ページくらいだろうか。

「……そう、まだ時間はあるね。いい？　明日《あした》、村に帰りなさい。兄ちゃんには、あたしが話してあげるから」

「そんな、急に言われても――」

「このままだと死ぬよ。彼女も、お腹の子も。小説のとおりに」

冷たい声に、克生はゾッとした。

「どうして、そのこと……」

「いいから。お願いだから、すぐに村に戻って。呪いから逃れる方法は、あんたのお父さんが教えてくれる」

「父さんが？　どうして」

晶子は、その質問には答えてくれなかった。

翌日、克生は里美を連れ、村に向かった。

七

振り子時計の音で、意識が現実に引き戻された。

ウトウトしていたらしい。腕時計を見ると十一時だった。

もう本を確認するまでもない。

あと一時間で、ゆうずどが来る。

里美と、お腹の赤ん坊を呪い殺しに。

そして、克生を殺しに。

里美は、あぐらをかいた克生の太ももを枕にして、目を閉じていた。眠ってはダメだとわかってはいるらしく、時々目を開けては下唇や自分の指を噛《か》んだりして、何とか起きていようとしている姿が健気《けなげ》だった。

かくいう克生も、眠気はピークに達していた。今横になれば、気絶するように眠ってしまうだろう。しかし、このまま寝てしまって、気づいたら死んでいたなんてことになれば、悔やんでも悔やみ切れない。

そう言えば、自分はどうやって死ぬのだろう。

小説の結末には、「死の瞬間、この世にいない妻と子の顔を思い浮かべた」としか書かれていなかった。具体的にどう死ぬのかはわからないのだ。

ただ、「この世にいない妻と子」ということは、自分が死を迎えるときには、すでに里美も赤ん坊も死んでいる――ということなのだろう。その絶望に比べれば、どんなに惨《むご》たらしい死の苦しみも霞んでしまう。

眠さのあまりほとんど機能停止した頭で、そんなことを考える。……僕はいったい、何をやっているのだろう。御札まみれの部屋。霊媒師の作る結界。

読んだ者を悲惨な結末へと導く呪いの本。

考えれば考えるほど、それらは非現実的な、馬鹿げたものに思えてくる。現実感がぼやけ、遠のき、夢の中にいるような気さえした。

いや、今まさに、僕は夢をみているのではないだろうか。現実では結婚なんてしてなくて、目覚めたら幼い頃に戻っていて、一人あの日の和室にいながら、父が入ってくるのを待っているんじゃ――

「克生」

声がして見ると、里美が目を開けていた。

「ごめん……ちょっと寝てたかも」

「いいよ。里美は無理しなくて。……お腹は痛くない？」

「ありがとう。ちょっと落ち着いてる。……ねえ、何か話して？」

甘えるようにそう言った。

「何かって？」

「何でもいい。お互いに眠気覚ましになるでしょ？　いっそ、暴露大会でもいいよ。今なら、浮気の告白も許してあげる」

「そんな。するわけないだろ」

里美以外の女性など、考えたこともなかった。

「本当かなぁ」

「当たり前だよ。自分に疚《やま》しいところがあるから、そんなこと言うんじゃないの？」

冗談めかして言ってから、克生は不安になった。愛らしく気立ての良い里美を、世間の男たちが放っておくわけがないと、常日頃から思っていた。まさか、今ここで懺《ざん》悔《げ》を始めるつもりか。ドキドキしていると、里美がいたずらっぽく笑った。

「あり得ないよ。私はずっと、克生だけを見てきたんだから」

真っ直ぐ見つめられながら言われ、克生は、顔が赤らむのを自覚した。それを見て笑っていた里美の顔が、ふいに苦悶《くもん》するものに変わる。

「痛む?」

「うん……また波が来た感じ……うっ」

里美の顔が苦痛に歪《ゆが》む。本当なら、今すぐにでも病院に連れて行ってやりたい。せめて座布団ではなく、布団に寝かしてやりたい。克生は、赤ん坊には何の罪もないとわかりつつも、文句を言わずにはいられなかった。──やめてくれ。どうしてよりにもよって、今夜なんだ? そんなに、パパとママを困らせたいのか。それともこれは、僕自身の星の巡り合わせなのか?

里美の額に、玉のような脂汗が浮かぶ。いよいよ本当に、病院に行かないとマズいかもしれない。

彼女の死因は電車にひかれることだったが、それより前にここで別の原因で死んでしまうことだってありえるはずだ。

克生は里美の頭の下に折り畳んだ座布団を敷いてやると、立ち上がった。入ってきた襖《ふすま》に近づく。この襖の向こうに、父がいるはずだ。

声をかけようとして口を開いた瞬間、逆に向こうから声が聞こえた。

「──克生、お願い、今すぐそこから出てきて」

母さんの声だった。

八

車で高速を走って三時間半。下道を五十分。

九年ぶりに帰った早霧村は、ちっとも変わっていなかった。山に囲まれた風景も、畑と田んぼの道も、斜面に建つ家々の屋根の色も。

三月の陽射しは春めいてきているが、窓から流れ込んでくる風はまだ冷たい。どこからか沈丁花《じんちょうげ》の甘い匂いが漂い、村を出たときのことを思い出す。あのときは、こんな形で戻ることになるとは夢にも思っていなかった。

後部座席では、里美が無表情で窓の外を眺めている。

しばらくすると、ひときわ大きな家が見えてきた。鈍色《にびいろ》をした屋根瓦《やねがわら》の日本屋敷——克生の実家だ。家の前の駐車場には、父のレクサスとBMWが並んでいる。

克生は運転席を降りると、後部座席のドアを開け、里美の手を取った。

「大丈夫？」

「うん……平気」

玄関扉に鍵はかかっていなかった。開くと、克生たちの家のリビングほどもある玄関が広がる。正面には大きな鳳凰《ほうおう》の絵が飾られている。その前には木の衝立《ついたて》があって、周囲には梟《ふくろう》や七福神の木彫りの置物が並んでいた。

すぐに、セーター姿の晶子が現れた。九年の間にずいぶん老け込んだらしい。しかし、眉間《みけん》に刻まれた深い皺《しわ》は、加齢だけによるものではなさそうだった。

「久しぶり……叔母さん」

「早く上がりなさい。兄ちゃんが待ってる」

「あの、初めまして。私、克生さんとお付き合いしてます、二ノ宮――」

里美のあいさつに耳を傾けもせず、晶子はさっさと廊下を歩き始めた。あまりに露骨な態度に克生は抗議しようとしたが、里美は黙って首を横に振った。

三人は終始、無言で廊下を渡った。縁側のガラス戸の向こうには、砂利が敷き詰められた庭がある。そこには飛び石や灯籠《とうろう》、手水鉢《ちょうずばち》などが置かれ、池には鯉が泳いでいた。松の木の奥には、庭の隅に建つ古い土蔵が覗いでいる。

懐かしさを嚙みしめているうちに、突き当たりの部屋に着いた。

「――兄ちゃん、克生くんが帰ったよ」

障子が開かれる。和室の真ん中で、父は高座椅子に座っていた。

九年ぶりに見る父は、思っていたよりも老いていた。髪はほとんど白く染まり、山登りで引き締まっていた身体は全体的に萎《しぼ》んでいる。唯一、こちらを見上げる視線だけは、昔と変わらぬ尊大さを保っていた。

父は煙草を灰皿に押し付けると、しゃがれた声を出した。

「……まぁ、座れ」

晶子が部屋の隅から座布団を運ぶが、里美の分はない。仕方なく、克生は自分の分を譲った。睨みつけてやったが、晶子は知らん顔を貫いている。呪いが発動したのは里美のせい、とでも思っているのだろうが、あまりにも失礼だし、妊婦に対する仕打ちではない。

怒鳴りつけてやろうと思ったが、里美が袖を引っ張り、にっこりと微笑んだ。克生は、父の顔を見る。ここで揉めれば、呪いを解く方法を教えてもらえなくなるかもしれない。悔しいが、今は見過ごすしかない。

「初めまして。私は二ノ宮里美と言います。克生さんとお付き合いを――」

「あいさつは後や。本は？」

父が言い、克生は感情を抑えながら、本を手渡した。父は奪い取るようにそれを手に取ると、乱暴にページをめくった。

「お、おい、それ読んだら――」

「心配ない。俺はとうに呪われとる。お前が子供のときにな」

「それって、どういう――」

「……間違いない、うちの土蔵に保管しとったもんや。晶子に言われてから調べてみたが、土蔵にあるはずの本は消えとった」

父は、『ゆうずど』を座卓に放った。

「栞はどこに挟まってる？」

「……もうほとんど結末の部分だ」

「そうか。ほな、今夜にも来るかもしらんな」

そう言うと、父はこめかみを指で掻いた。

「……どういうことだよ。父さんは、この本のこと知ってるのか？　一からちゃんと説明してくれ」

「この本はな、俺の親父……つまりお前のじいさんが三十年くらい前に借金のカタに譲り受けたもんや。本物の呪いの本いう触れ込みでな。当時、じいさんはそういうもんに凝っとったらしい。それ以外、詳しいことはわからん。本がこの一冊だけなんかどうかもな」

三十年前。角川ホラー文庫の方は一九九九年刊行とされていると宗次が言っていたから、やはり別物ということになる。ということは、鬼多河りさは、この本を基にあっちを作ったのだろうか。

いや……そんなこと、今はどうでもいい。それよりも。

「本物……なのか？　こんな本で、本当に人が」

「呪い殺される。じいさんもそれで死んだ」

父の声は、不気味なほど落ち着いていた。

「十八年前、俺もそうなるところやった。じいさんの遺言どおり『ゆうずど』は土蔵に封印しとったが、たまたま俺が土蔵にいたときに地震が起きてな、目の前で『ゆうずど』の本が開いて読んでしまった。だが、じいさんのときの教訓を生かして、何とか呪いから逃れたんや」

「ど――どうやって？」

克生は、座卓に身を乗り出した。

「里美が読んで、呪われたんだ！　僕はいい……けど、彼女だけは絶対に助けてくれ。お腹に赤ちゃんもいるんだ。父さん、頼むよ」

「ちょっと待て。彼女も読んだのか？　栞はどこらへんにある？」

「そうなん？　克生くん、彼女はどこ？」晶子も声を荒らげた。

「里美も、僕と同じくらいらしい。同じタイミングで読んだんだよ」

「ふん。じゃあ、二人いっぺんに殺すつもりやろう」

父は、忌々し気に唇を歪めた。

「まぁ、お前に課せられた呪いを考えたら当然か。妻子を喪い、絶望の中で死ぬ――」

「……ちょっと待ってくれ。何で父さんが、僕の結末を知ってるんだ？」

「ああ、説明の途中やったな。……お前はさっき、本を読んだんが里美さんと同じタイミング言うたけどな、違うんや。もっと小さい頃に読んだことがある」

「……え？」

「六歳くらいか。鍵を閉め忘れてた土蔵にお前が入ってな、本を読んでもうたんや」

その瞬間――記憶の蓋《ふた》が開いた気がした。

土蔵。紐でぐるぐる巻きにされた桐の箱。その中に入っていた本。

見咎《みとが》めた父に肩を掴《つか》まれ、鬼の形相で問い詰められた。――結末は何て書かれている、黒い栞《しおり》は見えるか、紙を全身に纏《まと》った化け物が見えるか――

そいつは父のすぐ背後に立って、ずっとぶつぶつとつぶやいていた。

――アオイカツキは死の瞬間、この世にいない妻と子の顔を思い浮かべた――

あいつだ。あれがゆうずどだ。

僕は、ずっと昔からあいつに呪われていたんだ。

「俺はお前から結末を聞き出した。呪いの内容は、他人にはわからへんからな。……驚いたで。俺が十八年前にゆうずどに与えられた結末と同じやったからな。俺はうまいこと逃げたが……バケモンめ、よっぽど悔しかったんやろ。せがれにも同じ呪いを寄越すとは」

「……まさか、だから、父さんは……」

克生は、声が震えるのを抑えられなかった。

「だから、僕に、一人で生きろって……」

父は黙って目を伏せた。

克生は、これまでの人生が足元からひっくり返った気がした。呪いだと思っていた父の言葉——それはむしろ我が子を呪いから守るための、父なりの不器用な忠告だったのだ。

「で、でも、それならそうと教えてくれれば……」

「呪われてるやなんて、我が子に言えるわけないやろ」

部屋の隅から、晶子が言った。

「兄ちゃん——お父さんはずいぶん苦しんだんよ。克生くんが呪われてしもたんは自分のせいやって。どうやって生きたら幸せかはわからへんけど、ただこの子には死んでほしくないって。……それやのにあんたは、親の言うこと聞きもせんと」

「私が……悪かったんです」

か細い声は、隣から聞こえてきた。

見ると、里美が正座をしたまま、はらはらと涙をこぼしていた。

「私が……克生と出会ったから。結婚なんて、赤ちゃんなんて作ったから――」

「違う！」

思わず叫んだ。

「里美のせいじゃない。叔母さん、俺は里美と結婚するって決めたことも、子供を作ったことも後悔してないよ」

「け、けどやな……」

「でも、克生、呪いのことを知ってたら、私たち――」

「誰が何と言おうと、僕たちは夫婦だ！」

「落ち着け、二人とも」

パン、と父は座卓を叩いた。

「……晶子、済んだことを言うてもしゃあないやろ。今やるべきことは、二人をゆうずどから守ることとや」

「……うん。けど、そやったら兄ちゃん、彼女さんの方も対応せんと――」

「わかっとる。まぁ、やることは変わらへん」

父は新しい煙草を口に咥えたが、里美をちらりと見て、止めた。里美が妊婦であることを思い出したのだろう。

「……本当に、父さんは知ってるの？　呪いから逃げる方法」

「ああ。言うたやろ、俺も呪われた。けど、ある方法でゆうずどから逃げ切った」

そう話す父の顔には、しかし、誇らしげな笑みは浮かんでいなかった。むしろ、人生最大の汚点を告白するような父親の沈痛な表情を、克生は初めて見た。

その理由は、すぐに彼の口から語られた。

「――母さんはゆうずどに殺された。お前を守るために、あいつは犠牲になったんや」

九

「克生。克生。早く出てきて。そこにいたらダメ」

襖《ふすま》越しに聞こえる声は――忘れようがない、母のものだった。

だけど、母はとっくの昔に死んでいる。十八年前に。ゆうずどに殺されて。

……父がゆうずどに与えられた結末は、克生と同じ「妻と子を喪い、絶望の中で息絶える」というものだった。呪いに対抗するべく、父は金とコネを使って、全国から有力な霊媒師たちを二十人掻《か》き集めたという。

そして、ゆうずどの呪いを分散させるために、母と自分を別々の部屋に作った結界に閉じ込めた。周囲には十人ずつ、護衛の霊媒師を配置して。

しかし、母は不安だったのだろう。彼女は確実に克生をゆうずどから守るために、約束を破って結界から出た。自ら囮《おとり》となったのだ。

翌朝、母は庭の砂利の上で冷たくなっていたらしい。

おかげで、克生は助かった。「妻と子を喪い」という呪いの条件が達成されなかったため、父もそのとき死ぬことは免れた。

この経験から、「本に書かれている結末さえ回避すれば、呪いを止めることが出来る」と父は言っているのだ。勝負は一度きり——黒い栞が結末に達し、ゆうずどが襲いかかってきたときだという。

ただし、これで完全に逃げ切れたかと言えば、疑問符が付くらしい。なぜなら、それ以降も本の結末は変わっていないし、黒い栞も最後のページで止まったまま消えていないからだ。あくまで呪いは継続していて、「一旦停止」させられただけなのではないか、と父は言っていた。

しかし、それでも命が助かったことに変わりはない。父は同じことをしようとしている。十八年前と同じ霊媒師たちを集めて。

ただし、今回は誰も犠牲にならずに済むように。

「克生。そこにいたら危ないの。お願い。出てきて」

母の声は、襖のすぐ向こうからしていた。

ず、と襖の表面を指が撫《な》でる音がした。

そこにいる。ほんの数センチの厚さの襖を隔てて、母の声を真似ている何かがいる。

いや、何がいるのかはわかりきっている。ゆうずどだ。

奴が母の声を出して、自分を結界の外に誘い出そうとしているのだ。

克生は、二、三歩、後ろへ退《ひ》いた。

まるでその動きを妨げようとするかのように、〈母の声〉はさらに響いた。

「克生。どうしたの？　早く出てきて。お願い。お母さんの言うこと聞いて」

必死の呼びかけと共に、ず、ず、と襖が鳴る。克生は、里美のそばに駆け寄った。

彼女は上半身を起こして、襖を見つめていた。

「か、克生、これって……」

「ダメだ。聞くな。無視するんだ」

「か、克生。早く。お願い」

ず、ずう、ずうう――音が長く、激しくなる。

わっ、と里美が克生の胸に頭を埋《うず》めた。

舌打ちが漏れる。いったい、霊媒師たちは何をやっている？　ゆうずどが来ているのに。そこにいるのに。

呪文《じゅもん》を唱える声だけは、相変わらず聞こえている。

ずうう。ずううう。ずうううう……。

だが、耳に届くのは、指が擦《す》れる不快な音だ。

そのとき、天井のライトが突然点滅を始めた。里美が短い悲鳴を上げる。

見ると、部屋じゅうに貼られた御札が、風もないのにパラパラと捲《めく》れ上がっている。

恐ろしさのあまり、歯がカチカチと鳴った。里美の肩を強く抱く。震えているのは彼女なのか自分の身体なのかわからない。

「克生……お母さんがわからないの？　お願い、こっちに来て……」

「い――嫌だ。お前は、母さんじゃない。入ってくるな！」

「どうしてそんなこと言うの……？　本当にお母さんがわからないの？」

ずううう。ずうううう、ずううううう。襖にまとわりつく音は、呪文の声すら塗り潰《つぶ》すほどに耳にまとわりつく。

「お願い、克生、開けて。こっちからは開けられないの。お願い……」

やがて、すすり泣く声が聞こえてきた。偽物だとわかっていても胸が痛む。本物の母を蔑《ないがし》ろにしているかのような気持ちになってくる。

幼い頃に見た母の顔が浮かんだ。思えば、母はいつも笑っていた。自分は、里美に母の姿を重ねていたのだと気づく。あの笑顔をもっと見たかった。もっと甘えたかった。もっと一緒にいたかった。そんな感情が涙になってあふれてくる。

ダメだ。騙《だま》されるな。ほだされるな。こいつの目的は、里美とお腹の赤ちゃんを殺すことだ。人間のふりをしていても、その本性は弱みにつけこもうとする、血に飢えた化け物なんだ。

再び、「牡丹灯籠《ぼたんどうろう》」の話を思い出す。これは、ゆうずどの罠《わな》だ。

絶対に、結界の外に出てはいけない。

克生は、目をつぶって耐えた。そうしているうちに、すすり泣く声は徐々に遠のき、消えていった。

腕時計を見ると、十一時半を過ぎている。

もしや、終わったのか。そう思った瞬間、男の怒鳴り声が響いた。

「――克生、すぐに出てこい！」

それは、父の声だった。

「……え？」

「克生、すぐに出てこい！　こっちからは開けられん。そっちから襖を開けてくれ！」

克生は、混乱した。……どうしたんだ？　もう大丈夫なのか？　気づけば、呪文の声も止んでいた。襖に向かって言う。

「ど、どうしたの？」

「緊急事態や。説明は出てからする。今はとりあえず、そこから出てこい。早くせんと、手遅れになるぞ！」

手遅れ？　どういうことだろう。克生は、腕の中にいる里美の目を見た。

「わからないよ……これは、どっちなの？」

同じ気持ちだった。これは本当に、父の声だろうか。

ゆうずどが人の声を真似ることが出来るなら、母だけでなく、父の声も出せるはずだ。わからない。これが本物の父の声だという確証がない。

「ど、どうして出ないといけないんだ？」

「ええから、説明は出てからや。手遅れになる前に、さっさと出てこい！」

手遅れとは何だ。どうして説明しようとしない？

そんな疑問が湧く。疑う気持ちの方が強くなってくる。

「克生くん。早く出てきて。お父さんの言うこと聞いて」

さらに響いたのは、晶子の声だった。

「克生くん！　早く！」

ここに来ていないはずの宗次の声もした。それで確信する。これもゆうずどだ。母がダメだったから、今度は色んな人の声を使って誘《おび》き出そうという魂胆なのだ。

「克生！　お願いだから、信じて。出てきて」

また母の声。やっぱりだ。ゆうずどは、追い詰められている。

呪いの期限が近付いているというのに、里美が結界から出てこなくて焦っている。

だから、なりふり構わず外へ連れ出そうとしているのだ。

「か……克生」

里美が怯《おび》えた声を出し、克生はその手を握った。

そのとき、新たな声が聞こえた。

「青井さん、出てきてください」

聞いたことのある声。ＫＡＤＯＫＡＷＡのイチジ氏だ。ゆうずどは、彼女とのやり取りまで聞いていたのか。

「克生」「克生くん」「克生」「青井さん」「克生」

声は繰り返し聞こえている。ゆうずどは相当切羽詰まっている。

大丈夫だ。このまま結界の中にいれば勝てる。逃げ切ることが出来る。

そのとき、父の声が大きく響いた。

「克生、出てこい！　ゆ、う、ず、ど、は、、も、う、結、界、の、中、に、お、る、ぞ、！」

その声に、克生は顔を上げた。
なぜだろう。今の声は、聞き逃してはいけない気がしたのだ。
だが、内容そのものは馬鹿げていた。……ゆうずどが、結界の中にいる？　馬鹿な。
苦し紛れの嘘だ。そうやって、結界から追い出そうとしているだけだ。
そう思うのに、心臓はどんどん早鐘を打つ。
ふと、さっき考えたことを思い出した。

やはり、何かを忘れている……いや、考えまいとしている、と言った方が良いか。
僕は、ある可能性に気づきつつも、それから目を逸《そ》らし続けている。

……何だ？　僕は、何に怯えているんだ。
そのとき、左手が冷たいものに触れた。
「え？」
思わず手を引っ込める。指が濡《ぬ》れていた。どうして。
それから、生臭い匂いがしていることに気づく。
見ると、畳が濡れて色が濃くなっていた。お茶でもこぼしたのかと思いきや、違う。
濡れているのは、里美の腰の辺りだ。

破水したんだ。

もうすぐ生まれる。僕の赤ちゃんが。僕たちの子供が。

「う……克、生……」

いつの間にか里美の顔は真っ白に変わり、目は虚《うつ》ろになっていた。

「里美、まさか」

「ごめん。我慢、出来そうにない……」

嘘だ！　克生は、天に向かって叫びたくなった。本当に、よりによって、どうして
こんなときに――

「出ろ」「出ろ」「出ろ」「出ろ」「でろ」「デロ」……

襖《ふすま》の外から聞こえてくるのは、もはや知らない人の声だった。これは、二十人の霊
媒師たちの声だろうか。

「克生、ダメ、出てきそう……」

里美は仰向《あおむ》けになると、脚を広げた。何をしようとしているかは明らかだった。

「ちょっと――」

里美は、すでに会話出来る状態でなくなっていた。

息が荒い。白かった顔色が真っ赤になっている。汗の玉がびっしりと浮かんでいる。

ここで産む気なのか。

その瞬間、さっきの父の声が頭の中で響いた。


――ゆうずどは、もう結界の中におるぞ！


まさか、と思う。

あり得ない、あってはならない、とも。

しかし、それこそが「ある可能性」だった。

膨らんだお腹の向こうで、里美が歯を食いしばっている。

この中にいるのは、本当に僕たちの赤ちゃんなのか？


「克生……手……」

里美が震える手を伸ばし、克生は反射的にその手を握った。

頭の中は恐怖で支配されていた。

「ううううう」

里美がいきむ声をあげる。克生は、瞬《まばた》きも忘れてその光景に見入る。

頭が真っ白になっている。動けない。どうすることも出来ない。

ただ、目の前の出来事を見守っていることしか。

里美が、人間離れした叫び声をあげた、その瞬間。

脚の間からあふれ出したのは——大量の紙だった。

十

何枚もの、何十枚もの、何も書かれていない白い紙。

濁流のように流れ出たそれを、克生は魂が抜け出たように見つめていた。

「……え?」

里美の手を握った手が、ふいに持ち上がる。

見ると、彼女は立ち上がっていた。

ぞっとするような無表情で、こっちを見下ろしている。

その顔には、汗一つかいていなかった。

「里美……?」

「いないよ、そんな人」

彼女は、無表情のまま言った。いつもの笑顔は、欠片《かけら》も見当たらない。

臨月のはずのお腹は、空気が抜けたようにへこんでいた。

「ど、どういうこと……？」

「そのままの意味。ここにいるのは、あなたと私だけ」

声は里美のものなのに、全然違う。

こいつは、里美じゃない。

逃げようとする克生の手を、彼女は放さなかった。

まるで鎖につながれているかのように、びくともしない。


「――最初からいないの。里美も、赤ちゃんも」


機械のような声には、まだ少し里美の声質が残っていた。

「私の姿も、あなたと、お義父さんにしか見えてない。本を読んで呪われた人にしか」

何を言われているのかわからない。

「こうでもしないと、あなたはずっと一人ぼっちだったでしょ？」

彼女の手はみるみる冷たくなっていく。

「言ったよね。克生だけを見てきたって」
彼女の顔の色が、見る間に変色していく。青緑の錆《さび》の色に。
すっかり人間味を失った顔の真ん中に、里美の眼だけが爛々《らんらん》と輝いている。
「これが、あなたの結末ダカラ」
もう片方の手が、そっと克生の首を摑《つか》んだ。
途端に息が苦しくなる。空いている手で剝《は》がそうとしても、どうにもならない。
そうか。そういうことだったのか。苦しみながらも理解する。
「二ノ宮里美」は、ゆうずどが自分を呪い殺すために用意した、偽物だったのだと。
全ては、この瞬間。この結末のために。
自分のものとは思えない声が漏れる。視界が小刻みに震える。
彼女の姿はいつの間にか、あの日、父の後ろに見た怪物のものになっていた。
何もかもこいつの——ゆうずどの掌《てのひら》の上だったのだ。
ずっと前から。
薄れゆく意識の中、視界には、あの夢でみた和室が映っていた。
四方を襖で囲まれた、御札だらけの古い和室。
その真ん中で、小さな白熱球が点滅している。

すすり泣く声が、襖の向こうから聞こえた。繰り返し自分の名前を呼ぶ声も。

あれはきっと、本当の父と母の声だったのだろう。

今更わかったところで、もう遅かった。

熱いものが双眸《そうぼう》からあふれてくる。

残されているのは、ただ、絶望を味わう時間だけ。


……僕の人生は……なんだったんだ……。

……まるで……のろい、ころされる、ため、だけの……。


時計が鳴った。黒い栞《しおり》は、最後のページにたどり着いたのだろう。

最期の瞬間、克生の頭に浮かんだのは、愛らしい笑顔をした女性と、生まれたばかりの赤ん坊だった。

それは、最初からこの世にいない、妻と子の顔——

やがて、たった一つの灯《あか》りが、ふっと途絶えた。

最終章　滝川さり

幼い頃――私の読書の源泉は、父の本棚だった。

父もまた「怖い話」が好きで、本棚の一部は、おどろおどろしいタイトルやカバーの本で埋まっていた。私はしばしばそこから本を抜き取り、夜眠れなくなったものである。

その中に一つ、ひときわ魅了された本があった。

作者は鬼多河りさ。

レーベルは角川ホラー文庫。

題名は憶《おぼ》えていない。ただ、呪いの本を題材にしたホラー小説だった。夢中で読み耽《ふけ》り、面白がり、怖がったことを憶えている。幼心に感銘を受けた、と言っても良いだろう。「滝川《たきがわ》さり」というペンネームも、鬼多河りさに由来したものだった。

しかし、題名だけがどうしても思い出せない。次回作の打ち合わせをしているとき、私はKADOKAWAの編集者である今井《いまい》氏に訊《き》いてみた。

「――鬼多河りさ？　いや、聞いたことないですね。それ、ホラー文庫なんですか？」

ややあどけなさの残る声で、彼女は言った。当の編集部の人間にさえ否定され、私はもう『鬼多河りさ』の存在に自信が持てなくなっていた。

他の編集者とか作家さんにも訊いてみますよ、と今井氏は言ってくれた。

だが、数日後に彼女から聞かされた台詞《せりふ》は、「どなたもご存じありませんでした」だった。

「そんなに面白かったなら、滝川さんが書いちゃったらどうですか？」

「え？」

「鬼多河りさなんていなくて、滝川さんが昔作られたお話なのかもですよ」

そう言われたらそんな気もしてきた。昔から空想癖はあったたし、自分の作った話が本になったらなんて、作家志望なら誰でもする妄想だ。

「でも、盗作なんてことになったら……」

「これだけ探してもないなら、きっとこの世には存在しない本ですよ！」

今井氏がそう言い、次回作の方針は決まった。私はあの本の内容を思い出しながらプロットを作成し、今井氏に送った。

「これ、呪われる人とそうでない人の違いってあるんですか？」

「新品だと呪われないってことにしようかと。つまり、誰かに貸してもらったり、中古品で買ったりしたら呪われる」

「なるほど！　出版社にとっちゃありがたい呪いですねー」

そして企画にゴーサインをいただき、執筆を始めた。

奇妙なことが起こり始めたのは、第二章を書き終えた辺りからだった。

七月のある深夜のこと。自宅のリビングでパソコンに向かい、執筆を進めていた。

家族は二階で寝ていて、飼い犬だけが私に付き合ってリビングの角で丸くなっている。

作業をしていると、足先に何かが触れた。さみしくなったのかな、とテーブルの下を見るが、何もない。見ると、犬は相変わらず隅にいる。さっきまで寝ていたのに、首を起こして両耳をぴんと立てていた。

気のせいか、と思って作業を続けると、今度は足の甲にふわりと何かがかかった。

反射的に足を引く。確認しても、やはり何もない。

嫌な感じがしたが、時間に余裕がない。執筆を強行すると——ばさっと音がして、膝《ひざ》から太ももにかけて何かに覆われた。

私は、短い悲鳴をあげて立ち上がった。

だけどやっぱり、おかしなものはない。

そんなはずはない。今のは、確かな感触があった。

確かな——大量の髪の毛が、膝にかかるような感触が。

困惑していると、犬が何もない空間に向かって唸《うな》り始めた。

その後も、執筆をしているうちに、何度かおかしなことはあった。

ふと顔を上げると、リビングの扉のすりガラスの向こうに誰かがいたり、パソコンのモニターに自分以外の影が映っていたり、寝落ちしかけて目を覚ますと、画面いっぱいに意味不明な文字列が打ち込まれていたり――

そうした怪奇現象が起こるのは、決まって執筆中だった。お盆が過ぎるまでは。

いや、第四章を書き始めるまでは。


八月の中旬――ある夕方のことだ。

私は、三歳の娘と夕食前の散歩に出かけた。散歩と言っても、娘はすぐに抱っこを要求してくるので、いつでも帰れるよう住んでいる分譲住宅地を何周かするだけだ。

日の入りが近いというのに、ひどい暑さだった。住宅地にはそれぞれの家から夕飯の匂いが漂っていて、どこの家でも室外機が唸っている。必然的に、どの家庭も窓が閉じられ、カーテンが閉まっていた。

遠くの山から、ひぐらしの鳴く声が微《かす》かに聞こえてくる。

そろそろ帰ろうかと娘に言って顔を上げたとき――向から先の道路の真ん中に、いた。

乱れた黒い髪と、大量の白い紙に覆われた身体。

地面に伸びる脚は異常に細い。

それはまさしく私の頭の中で生まれ、すでに何度も描写している怪異の姿。

私が産み落とした怪異が、実在するはずのない化け物が、目の前にいたのだ。

凍りついた私の腕を、娘が「はやくいこう」と引っ張る。

どうやら、彼女には見えていないらしい。

我に返った私は娘を抱きかかえると、来た道を引き返した。

怖い、というよりも、何が起きているんだ、とパニックになった。

その夜、私は今井氏に、今までの出来事を電話で話した。作中の怪異が現実化している——そんな荒唐無稽《こうとうむけい》な話を、氏は最後まで聞いてくれた。

「うーん、あれだったら、一旦《いったん》書くのやめた方がいいかもですね。お祓《はら》いとかは？」

何だったらツテがあるのでご紹介も出来ますけど、と彼女は言った。どこかこなれた様子に、ぞっとしたのを憶えている。

「あの……もし、もしですけど、この作品が、本当に呪いの本とかになったら……」

そう言うと、今井氏はふっと笑った。

「いいですね、呪いの本。面白がって買う人が多そう。売れるんじゃないですか」

私はひとまず書き切ると言った。売れる、という言葉に色気を出したわけではない。

私は「呪いの本」を書いてみたかった。

今井氏が言った「呪いの本を面白がって買う人」――それがまさしく私だった。


八月下旬。第四章を今夜にも書き終えるという日だった。

娘をお風呂《ふろ》に入れ、その長い髪をドライヤーで乾かしているときのこと。熱風になびく髪を見て、鏡の中の娘が「うふふ」と笑った。何が面白いのか尋ねると、

「だって、ゆうじゅどみたいやで」

そう言って鏡に映る自分を指さす。――聞き間違いかと思った。

ゆうじゅど――

いや、ゆうずど
それは、私がこの作品につけた題名だった。

意味は、「USED」から来ていた。いつか読んだ本を基にしているという意味を込めて、登場する怪異にそう名付けたのだ。

けれど、娘にその話をしたことはない。「ゆうずど」という単語を口にしたことはあるかもしれないが、怪異の姿について「ぼさぼさの長い髪」だと説明したことなどない。

少し前――住宅街で初めてゆうずどを見たときには、娘はその姿を認識出来なかった。

なのに、今は見えている。これが何を意味するのか。

侵食だ。

ゆうずどが、私の生み出した怪異が、現実を徐々に侵食し始めたのだ。


私が読んだ本とは、何だったのだろう。

どうして、ペンネームを真似るほど影響を受けたのに、題名だけはどうしても思い出せないのだろう。


今、第四章まで書き終えてしまった。

そして、後悔している。

だから、最終章は、編集部に提出しているプロットから大幅に変更した。何もなければ、これまでの章と同じようにフィクションを書くつもりだった。主人公には最終章に相応《ふさわ》しい、最も凄惨《せいさん》な結末を用意して。

だけどもう、そんなものは書けない。

だって、もしも、今私が書いているものが、本物の呪い――『ゆうずど』になっているとしたら？

そうだとしたら、私がここで書いた結末が、この本の結末が、これを読んだ誰かの

（編集部注）


本作『ゆうずどの結末』は三〇〇ページで完結となります。

最終章について、結末が描かれておりませんが、編集部ではこれを創作上の演出と判断しました。落丁・乱丁ではございませんのでご了承ください。

また、著者による校正が未了ですが、著者のご家族の確認の下、刊行に至りました。

なお、編集上の判断としてタイトルを変更しましたことを申し添えます。

本書は書き下ろしです。
この物語はフィクションです。

ゆうずどの結末《けつまつ》
滝川《たきがわ》さり

角川ホラー文庫　24048

令和６年２月25日　初版発行
令和６年11月15日　６版発行

発行者———山下直久
発　行———株式会社KADOKAWA
〒102-8177　東京都千代田区富士見2-13-3
電話 0570-002-301（ナビダイヤル）
印刷所———株式会社KADOKAWA
製本所———株式会社KADOKAWA
装幀者———田島照久

●お問い合わせ
https://www.kadokawa.co.jp/（「お問い合わせ」へお進みください）
※内容によっては、お答えできない場合があります。
※サポートは日本国内のみとさせていただきます。
※Japanese text only

ISBN978-4-04-114205-9　C0193

◆◇◇